人间千种悲欢，

无声无息地流淌。

看得见的，是朝来晚归的模样，

看不见的，是春秋暗转的风霜。

——贾柯

下 岗

Xia Gang

赵品华 著

美国华忆出版社
Remembering Publishing, LLC. USA

Copyright © 2021 by Remembering Publishing, LLC. USA
RememPub@gmail.com

Xia Gang
Zhao Pinhua

ISBN： 978-1-68560-010-5（Print）
978-1-68560-011-2（Ebook）

下岗

赵品华 著

出 版 人：乔晞华
责任编辑：张征征

出 版： 美国华忆出版社
版 次： 2021 年 12 月第一版，第一次印刷
字 数： 100 千字

作者介绍

　　赵品华，女，湖南邵阳市人。出生于
1950 年 11 月，1968 年下乡，在乡村学校
任耕读教师，1975 年因病返城。76 年招工
后从事过营业员和企业会计等职业，84 通
过自考，获取商学院大专文凭，91 年取得
全国会计师证书。92 年企业倒闭下岗，曾
在深圳赛格商业机器公司和长沙华阳消防
公司任财务总监，2005 年定居深圳。

　　作者从小爱好文学，2008 年开始文学
创作，在国画和书法上也取得不菲的成绩，
其作品多次参展并获奖。

（一）

停厂、下岗、买断、滚蛋！

刘昊然从梦中惊醒，悚然坐直了身子。

一切滑落都是那么迅如雷电！

前几天，工厂被封闭等待拍卖，工人回家自谋生路。

紧接着，那些不再发出声音的机器很快被拆开，让那些怀揣着大把资金的老板搬走。那个仿佛能闻到汗渍的咸味，闭上眼睛都能找回一串串温暖的工厂已经只剩下框架。住在工厂宿舍的单身汉一个个卷起铺盖像难民一样被保安们赶了出来。随后，工厂的四周被铁皮围住，工人们只能站在铺满灰尘的街道上踮起脚来向工厂张望。女工们都哭了，一个个哭得肝肠寸断，男人们也双眉紧锁，有的一个劲地抽烟，有的一边骂：妈妈的鳖，一边朝铁皮围墙扔石头。

铁皮围墙上面贴出了布告，价值千万，能养活几百工人的省电子仪表厂被马局长的儿子马洪波用区区三百万买走了，马上要建成花园式小区，从即日起预售楼花。

据说三百万还不够还银行贷款。那么，承诺给工人买断工龄的钱由谁承担？

疑惑，茫然，怀念，痛惜。总之，工厂在经历滑铁卢式的惨败后，彻底的破产了。

刘昊然已经抱头睡了三天三夜，什么打破铁饭碗，解放生产力，左一次改革，右一次改制，现在看来都是骗人的鬼话，其实就是明火执仗地瓜分国有资产，是继物价双规制的又一次公开抢劫。

工厂没有了，工人们就像突然失去母亲的孩子，没有了灵魂，没有了依靠，没有了生活来源，也失去了生活目标。刘昊然就是爬起来，也不知该往哪里去？

在以往，刘昊然吃过老婆李林子买好的早餐，就骑着他的破单车穿过芙蓉中路，拐进营盘街去省电子仪表厂上班，工厂就在烈士公园的旁边，省城的中心。

几十年来，仪表厂生产电表水表计量器，也组装上海红灯牌收音机。所有产品从生产到销售都由电子局安排，作为工人，完成任务就行，没有谁有市场这个概念，连局长都没有。

后来，大量的走私进来的收录音机占据了消费市场，红灯牌收音机卖不出去，积压在仓库里。好在是国营企业，这一类的积压挂在库存账上就解决了，不影响工人的工资和奖金。刘昊然一直是从家里到工厂两点一线有规律地生活着。

偶尔也去朋友家打打麻将，那时，麻将还不太流行，筹码也很小，只是用来消磨时间。

八十年代末，国企开始改制，首先是打破铁饭碗，国家不再养活企业，企业不再养活工人，工人得自己养活自己。过去那种工人阶级领导一切的豪言壮语不再出现在领导们的口中，市场经济走进了工人们的视线。

那一天，马洪波停薪留职，办起了金太阳电子科技服务公司。刘昊然则被厂领导叫过去谈话。

谈话地点在厂办公室，厂长问：昊然，你车间有好久冇生产哒？昊然说：很长时间哒。厂长又问：为么子冇生产哒？昊然说：收音机卖不出去啰。厂长说：所以，你车间的工人一直靠工厂养活。现在工厂要改制，打破铁饭碗，不能吃大锅饭，也不再养懒汉。你们车间作为工厂的不良资产，要从厂里剥离出去。昊然说：厂长，你把车间解散，把工人安排到其他车间，问题不就解决哒。厂长说：你讲得好轻松，现在车间一溜的满员，你车间的人去喝汤啵？昊然，你是党员，车间主任，要善于学习，要与时俱进，用脑子去理解党中央的精神。厂党委决定，由你带领车间 118 名工人另立门户，独立核算，从今天起自谋出路。不过，厂领导说，既然要你当改革带头人，也不会让你吃亏，厂里工资一分不少，还可以在承包的利润里分红，也就是说你可以领双份工资。

就这样，工厂把一仓库卖不出去的收音机，徒有四壁的空荡荡的生产车间和一百多个工人交给刘昊然，强迫他签下与工厂脱离经济关系的第一例承包合同。合同本质上是霸王协议，工厂不给他一分一厘的启动资金，也不要他上缴利润，至于政策上的优惠想都别想，生死由他去。最最霸道的是，工厂有权随时收回他的承包权。厂长说，未来是有变化的，但最后解释权是我厂长，而不是你和118名工人。

那时，集体企业差不多都破产了，那些失业的工人干起了个体户。刘昊然估计自己迟早会有这一天，不管那张合同有多黑，他都知道个体承包是他的宿命。

昊然在工厂做过采购员，熟悉沿海市场，曾经建议工厂将库存的收音机贱卖给沿海商人，但遭到厂长的批评。厂长说：贱卖，谁有权利将国家的财产贱卖？亏你还是共产党员。

当工厂将一仓库的收音机当作垃圾给他时，他立马出发去了义乌小商品城。几天后，从那儿领来几位商人，不一会就将一仓库的"垃圾"卖了五十万人民币。收音机在中国没有市场，但在非洲供不应求，这些商人就是做非洲市场生意的，五十万元买二十万个收音机对他们来说，可以大大地赚一笔。

手里有钱，心里不慌。刘昊然预支118名工人每人500元工资，并承诺以后工人每月收入不低于500元，在八十年代末期，长沙最好的房子每平方米不超过400元。500元一月的工资在长沙属于中上水平，在电子仪表厂却是最高的了，厂领导也就这个水平。接着，他公示了承包合同的核心内容：面向市场，自谋出路。集体承包，公平公正。多劳多得，不养懒汉。

刘昊然走马上任的第一天，召集车间所有的工人开会。他说：虽然是我签下承包合同，但与马洪波不同的是，我们是集体承包，工厂随时可以收回承包权。我也不做长久打算，只要不犯法，什么赚钱我们就做什么，做什么都求个短、平、快。想离开的一律开绿灯，听我安排的就留下。我们车间在繁华热闹的路段，推倒临街的这面墙，就可以装修成为大型商场。长沙夏天，素有火炉之称，只要有人的地方就需要电风扇。眼下台扇、壁扇，立扇，吊扇，都在不断更新功能，消费者也会紧随市场不断购买自己喜欢的新产品，得到最完美最舒服的享受。我已看好这个项目，准备先用十万元钱来生产电风扇，将来在自己的商场卖我们自己生产的产品。你们可能会问，技术和设备都没有，怎么生产电风扇？你们也许还不知道三来一补是什么？我去过深圳，深圳那个城市就是靠三来一补发展起来的。三来中的一来，就是来料加工。我们不生产整机，只搞来料加工，香港最大的富豪就是靠来料加工电风扇起家的，组装电风扇的利润翻番啊。利润虽高，市场也很混乱，买空卖空，以假乱真，以次充好，比比皆是。如果我们想好好干，做行业的龙头，就不能弄虚作假，坑骗顾客。现在，收音机卖了，仓库也腾空了。我们就在仓库里组装各式电风扇，产品商标《仙风牌》，我已注册。前店后厂，亦工亦商，生产服务一条龙。市场我也调查好了，以生产农村需要的价格便宜款式简单立式风扇为主，让农村的小商贩到我们这里来批发电风扇，大家觉得怎样？

工人们大为高兴，举手表决，一致赞同。

昊然接着说：关于批发业务，我想多说一句，农村里骗子也不少，电风扇便宜点可以，一定要见钱才发货。

大家说：这个一定记在心里。

昊然说：现在再说点车间内部的事，社会上患红眼病的人很多，厂里也一样，其他车间就有人说以后他们承包也要厂里给他们二十万个收音机。所以，什么事都要做好了再说，不能还没做就坏在嘴巴上了。

工人们都说这要作为车间纪律人人遵守，还特别叮咛平时喜欢多嘴的女人，以后少在外人面前说车间的事。

刘昊然说：我明天带几个人去浙江购买电风扇的零部件，大家把仓库打扫干净，粉刷一遍，良好的工作环境会带来好心情，好心情能带来更好的效益。商场的装修由老孙全权负责，大家还有什么建议？

大家都说这样安排很好，老孙是车间副主任，大家都信得过他。

一切安排就绪，厂长却要刘昊然把商场的一半租给马洪波的金太阳电子科技服务公司，另一半留给车间自主经营。

改革开放后，企业实行的是《厂长经理责任制》，一个企业就是一个独立王国，厂长经理享有无限的权力。

刘昊然做了十年车间主任，不但了解厂领导的做派，对手下的工人也了如指掌。工人担心的是采购、生产、销售三大部门以权谋私。收入与支出管理混乱，利润分配既不公平也不公正。而他担心的是产品信誉和优质的服务，这两项是利润的保证。刘昊然将质量关交给妻子李林子，他自己管财务。民主产生18名工人做监管员，再综合监管员的建议，制订了车间承包的《岗位责任制》。既然有福同享有祸同当，工厂所有管理就得透明化。

还不到半年，承包便有了盈利，工人们憋足劲上了热水器项目，就在那一年大家齐心协力好好干了一场，工人的年收入达到一万元。集体公积金达到一百万元，这真是个惊人的数字。

转眼就是三年，尽管电子仪表厂有先进的生产设备，技术力量很强的员工，但生产出的仪表，功能总是滞后市场，慢慢被市场淘汰。工厂靠政府出面贷款，转行生产计算器，由于质量低劣，最终被市场抛弃，工厂面临倒毙。

刘昊然的承包车间销售过电风扇，热水器，还从沿海地区引进市场畅销的各种电子产品。但中国市场风云莫测，经营不能赶早也不能赶晚，正如那首诗说的：你不能去得太早，花儿还没开；你不能去得太晚，花儿已经谢了。所有的生产销售都必须刚好赶在点子上，以适应消费者喜欢跟风购物的习惯。

后来，他们的电风扇被"美的"电器的优质与美观打败。热水器市场价格竞争激烈，也被一而再，再而三的价格下跌挤垮，他几度败走麦城。幸亏后来引进了应顺了房地产发展的消防器材，企业才起死为生。高利润的生产与经营，再一次让车间一百多人生活在幸福中。刘昊然也成了商务谈判专家，行业中标率最高的实干家。

个体户马洪波在这三年多成了暴发户。金太阳电子科技服务公司表面卖的是 VCD、复印机和电视机，最大的收益却来自物价双轨制。马洪波的爸爸是电子局局长，岳父是省银行行长。他利用父亲与岳父的关系，织结了一张巨大的关系网。通过省委市委的人脉，从经委计委批到了一批又一批平价钢材、铝锭、木材、聚乙烯、聚丙烯、美元等，这些稀缺物资还是一纸批文时，就高价卖给了当皮条客的倒爷。他总能提前得到某商品即将升值信息，通过各种渠道大量囤积，高价卖出。股市信息更是源源不断，他和大佬们低吸高抛，抱成一团。银行好像是他家开的，贷款只要一个电话。所有的利益都被他一网打尽，双轨制给他和他圈子里的人带来了巨大的利益，钱来得比印钞机还快。

终于，物价双轨制在 93 年初戛然停止，紧接着是国营企业的改制。一夜之间，拥有上千万资产，上千工人的国有企业被几百万贱卖了，所有的计划经济都走向市场经济。当局认为，工厂破产，工人下岗，城市一片恐慌以及接下来的通货膨胀都是市场经济的必然结果。银行不再贷款给正在亏损的企业，它们就像一叶漂浮在大海的孤舟，在风雨中飘摇，无依无靠，不知何去何从。那些下岗的工人第一次尝到失业的滋味，一个个瞠目结舌，欲诉无声。

省电子仪表厂宣布破产，就像一个炸雷炸响了长沙的上空，人们惊诧于省属企业也会破产。也有幸灾乐祸的市民们，他们一直嫉妒着省电子仪表厂的工人，干着干净轻松的活，享受着超过长沙大多数工厂的福利。更令人惊讶的是，很多人还没有在这一声炸雷中惊醒，马洪波就把工厂买下了，把承包车间正在生产感烟器和感温器的生产线扔在大街上。

这消息传到甲方的耳朵里，甲方当即与昊然解除供货合同。感烟器和感温器生产倒不难，难的是订单。每次订单的标书都让昊然费尽心血，一旦中标，便是几十万的收益。昊然气的是已经开始生产的供货合同废了；气的是马洪波财大气粗，欺人太甚。

他好多次被生活逼上悬崖，而这一次却是被马洪波逼上绝路。

如果不是有老婆孩子和病危的老母，他真的要把马洪波揍扁。刘昊然恨恨地攥紧拳头，心里这么想。

不能揍扁马洪波，真的很难咽下这口气。昊然年迈的母亲肾功能衰竭，每隔两天要去医院透析，昂贵的医疗费用让李林子交钱时双手颤抖。双胞胎女儿平平和安安刚上高中，李林子也和他一样成了下岗工人。刘昊然一直是家里的顶梁柱，如果他倒下去，这个家就彻底完了。

外面好像下起了倾盆大雨，昊然听见哗哗的雨声，看到窗外电闪雷鸣。

他从床上坐起来，慢吞吞地一件一件地穿好衣服。

忽然，有人敲门。

昊然说：进来吧。

进来的是老孙和承包车间的十八个工人监管员，屋子挤得满满的，雨水也流了一地。

老孙说：我和大伙去找马洪波了，要他赔偿我们的生产线。

他怎么说？昊然问。

他说要我们去看合同书，他说合同上写得很清楚，厂方随时可以中止合同。从买下工厂的那一刻起，他就有了这项权力。他已中止与我们的合同了，扔掉生产线又算什么？真把我们气爆了。

昊然气得大吼：你们没长手？就不知道揍他？

老孙用低低的声音说：马洪波说，我们可以继续跟他签约，他会给我们更先进的生产线，会要甲方继续用我们的产品。他早就想涉足消防器材这一块，只是没有机会。

你们怎么回应他？

这不是来问你吗？老孙说。

老孙，难道除了他，我们就找不到活路？昊然问。

昊然，我知道，你因为雨绮的事和马洪波结下很深的仇恨，但兄弟们还要养家糊口……

滚！昊然不等老孙说完就怒吼起来。

看着老孙他们一个个低着头走出去，他才发现被咬破的嘴唇正流着血。

昨天他们还在说：你就是我们的幸福，你就是我们的生命，你就是我们的财神爷，我们跟你干到底！他也承诺他们：我们一起再好好干三年，我保证让你们每个人分到一套三居室。今天，在一点点利益的诱惑下，一个个就变成了犹大，不但忘记了自己的誓言，还背叛了他。三年来，他不曾亏待他们一分一厘，在关键时刻，他们怎么就选择马洪波那个混蛋？也许，一切矛盾早已存在，只是被良好的经济效益掩盖了。

外面，暴雨似乎更猛烈了，雨打在窗玻璃上的声音是那么沉重。

昊然穿好衣服，吸着鞋走进母亲的房间。母亲的那张被病魔蹂躏的脸已经变得乌黑，见到他后，大颗的泪珠滚落下来。一瞬间泪水也糊住了昊然的双眼，这时的他真想抱住母亲痛哭一场。

母亲拉着他的手说：昊儿呀，你来得正好。我的心一直突突地跳，你要是不来，我恐怕再也看不到你了。我的昊儿呀，什么事把你难成了这样？不就是没了工作吗？当年秦琼卖过马，杨志卖过刀，孔子断过粮，吕蒙正差点被饿死。人这一辈子谁没遇到过坎？妈虽然不能帮你，能活到了七十岁，也满足了。我的病已拖累了你和林子几年，你们也尽到孝了，不必再为我治病，我能活几日就活几日，你们不要再为我的病花钱了。

妈，真的对不起，我总让你操心。其实，不是工作的事，也不是钱的事。昊然说不下去，抹着泪走出去。

正好林子回家来，从未见昊然哭过，吓得连忙问：妈怎么啦？

昊然说：妈没事，是我心里难受。

林子说：因为失业吗，长沙城失业的几多哟，一抓就是一大把。我姐下岗两年，在金苹果服装市场租了个摊位，赚钱比上班还多，几千个几万个下岗的，就你苦？

林子，昊然抹干眼泪，咽下一口口水，把痛苦硬生生地咽下去，接着说：老孙带着承包车间的人马投奔了马洪波，我们已经全军覆灭，什么也没有了。

林子手中的茶杯"叭"的跌落在地上。

卑鄙！好久以后，林子才轻轻说出这两个字。

和城里平常的夜晚一样，阵阵微风从临街的窗口吹进来，周边的街巷传来人来人往的嘈杂声和炒辣子菜的香味，孩子们涌上街头玩耍，蝇虫发出了快乐的嗡嗡的响声。

屋子里越来越暗，大街逐渐热闹起来，一阵低沉而欣慰的欢呼迎来了华灯初上的那一刻。

昊然走出来，将又厚又宽的背靠在门框上，高大的身材微微弯曲着，刚毅的脸上一双明亮而聪慧的眼睛直视前方。

暮色中，带着暖意的风在潮湿的空气里吹拂着，一群孩子正在他家门口嬉戏。这时，他看到马洪波的奔驰轿车驶入街口，见到孩子们便放缓速度。孩子们却像受惊的鸟雀，"呼"的一下四散奔走。

马洪波那长相平庸的妻子杜丽琼从车窗里伸出头来，看到昊然后，立即把头缩了回去，奔驰车飞驰而去。

"呸"，林子从窗里朝奔驰车吐了一口涎沫，骂了一声"臭小三"。

电子仪表厂在这条不起眼的小街上占有一大片的家属区，马洪波家离昊然家不到一百米，住的却是电子局的家属区，低层建筑还带有电梯。发了财的马洪波，越来越讨厌这条街的泥泞与肮脏，还有喧哗拥挤的人流。但这里有这里的优势，走出小街便是闹市，到了夜晚却又出奇的安静。离五一路解放路芙蓉路都不过几百米,全省一流的富贵豪华的酒店都在这几条大街上,方便他晚上约领导们喝一杯小酒摸一把麻将。

从工厂破产的那一刻起,可以说,下岗成了大家热议的事。失业的恐怖像瘟疫一样蔓延。平时空荡荡的家属区的小广场,近来每晚聚集着工厂一半以上的工人,人们纷纷打听下岗补贴金有多少?什么时候发放?谁谁找到了门路上调了,谁谁最近发了点小财。谁谁家最为悲催,一家三代兄弟姐妹全在这个厂里讨生活,老爷子都急得上吊了,幸亏被救了下来。总之,满城都在传播关于下岗的真真假假的故事。

长沙是一个非常特别的城市,几千年的历史里,虽然不曾做过皇朝帝都,却是历代诸侯们的小朝廷。编年史上提供了大量的诸侯们的生活细节,随处都有英雄豪杰们留下的珍贵文物。这使得长沙人格外傲慢,格外偏爱伟人们微不足道的琐事。其实长沙充满烟火味并日益平民化,然而,历史上的那些琐事让长沙人很有面子。譬如:某个伟人喜欢吃火宫殿的臭豆腐,某个军阀喜欢吃紫光阁的东安子鸡,某个文豪每天都要吃一碗杨裕兴的猪脚面……

不远处的钟楼,每晚八点,便响起悠扬的钟声,回荡在这一带的街区。

昊然看到马洪波挽着杜丽琼的手臂从家里走出来钻进奔驰,向五彩缤纷的五一路驰去。

（二）

黎明，或者是黎明后不久，一抹鱼肚色的晨曦正从黑暗中挣扎着钻了出来，把原本混沌一体的天地分割开来，使铅灰色的天空由东向西变亮变薄。

胡一苇醒了，他眯着双眼察看房间。临窗的书桌上堆满了各种各样的书籍、文件和物价目录，这些都是对面房间的老头在前天晚上搬过来的，都不是他需要的东西。尤其是那些书籍，这事的根由，那事的起因，历史的追溯，故事的结局，其所以然的逻辑。真是说得天花乱坠，可惜一点用处也没有。也许这些著书的人从未碰到过他这样的难题。他要解决的问题太难了。

他伸展四肢躺了一会儿，然后卷起毛毯半卧在席梦思上，伸手从床头柜上抓起一张深圳导游图，想仔细读一读，但马上又丢开了这个念头。他把地图重新扔在桌上，此时，他的手指触到毛毯那冰凉光滑的缎子绲边上，感到十分的舒服。既然找不到良策，不如再迷迷糊糊地睡会。

昨夜的雨把整个深圳洗涤一新。光洁的水泥马路两旁，碧树青翠欲滴，对面的荔枝公园传来婉转动听的鸟鸣，这在繁华热闹的城市里恐怕是很难得的。

胡一苇坐起来，转身将下巴搁在靠床边的窗台上。天已大亮，东方高大的建筑嵯峨耸立在金色的曦光里，从几十层高的大楼俯瞰这个年轻的城市，现代化的建筑群落高贵华丽，如在天际线上画出的扣人心弦的音符。纵横交错的街道宽敞而整洁，城市的绿化与豪华装饰展示出大都市令人赏心悦目的风采。满城鲜花争妍斗艳，斑斓夺目。此刻的深圳温暖湿润，安静清新，连吹过的风也那么清香干净，给这个城市增添秀丽迷人的风韵。

远处的大厦，石英钟正伴着音乐奏响七点整，声音响彻半个城市。路上还没有几个行人，舒适的深圳人大约要到上午九点才走上街头。

胡一苇的手指一直游移在毛毯的绲边上。他转过头，坐直身子继续打量他的客房。广东人特别忌讳"4"，因为它与"死"同音。他住的十四层，罕有人住，所以没有电话，没有地毯，也没有空调，是整个酒店最廉价的客房。临街的一面是茶色玻璃窗，靠窗的地方是一张写字台和两张单人沙发，沙发前是一张茶几，整个房间就这么简单。

他想起自己的家，比起这个客房来，就杂乱得多了。七十年代的捷克式家具，八十年代的电器，九十年代初的降价处理物品不协调地充斥在他那六十平的住宅里。不管收入怎样，木子总是要用几张钞票去购买正当潮流的消费品。其实他们像贫民一样过着十分清苦的生活，木子当然比他更贫民，每天都用玻璃瓶子装着泡菜去工厂，十来年都是如此。然而只要碰到大家都抢购的处理商品，不管需要还是不需要，她都要往家里搬。他最讨厌她的，就是这个。不过，要是大家都像她一样，又有什么东西会卖不出去呢？

大厦上的石英钟又奏响了九点，他不由想起了昨天的这个时候。

昨天上午九点，他已到达深圳大兴电子厂。还是去年十月，电子科技服务公司汇了三十万货款给大兴电子厂购买 VCD，原本想在春节前卖掉这批货，赚些钱给职工发工资。谁知大半年过去了，大兴电子厂没有发给他们一台 VCD。虽然公司也派业务员前去催过，大兴电子厂的财务主管总是搪塞。既然钱到了他们的银行，欠钱的是爷爷，讨债的是孙子。而今胡一苇亲自来催要货款，感觉自己像砧板上的一条死鱼。

虽然他早早赶到大兴电子厂，工厂的大门却紧闭着，挨到十点才敲开传达室的侧门。一问，工厂的写字楼不会开工了。

他央求着守传达的老头，陪他到工厂转一圈。工厂由南向北排列着三个车间和一个仓库。每个车间之间都有一个小型花园，花木葱茏，环境优美，无处不透着勃勃生机，这让他放心多了，总算还有个工厂在。

他问守门的老头，温总什么时候上班。

温先生？早就不在工厂了。老头告诉他。

不在了？胡一苇心里猛的发怵。

不在了，老头肯定地说。承包嘛，合同完工就走。温先生走了换了林先生，林先生走了又换了赖先生，厂长换了一个又一个，走马灯似的。

现在的厂长是谁？胡一苇问。

哦，赖先生赖总嘛。

赖先生什么时候来工厂？

工厂已停工半年多了，谁知道他会不会来。

停工了？为什么？

没有市场噢，生产出来的产砰没人要哇。老头说的是广东普通话，把产品说成产呼。

停厂了，那工人怎么办？

打工仔嘛，这家停了就去那家打工啰，有本钱的就去做生意，有多大的本事发多大的财，工厂倒了管他们什么事呢。

原来是这样！胡一苇对这家公司有了最初的了解。

先生，雷（你）有咩事？老头问。

来要钱的，这家工厂欠我们几十万那。

那你就来晚了。工厂只剩两台破仪表和一些杂牌的晶体管线路板什么的，总共也是值不了五万元。厂房和仓库都是租来的咃，看起来气派得很，其实什么都没有。工业区——你懂不懂？深圳到处是工业区，工业区就是专门出租工厂和流水线的。那些找到订单的老板租一个车间，贴一张招工启事，立马可以生产。订单做完后，人就散了，特区嘛，与内地不一样。

听到这里，胡一苇像被冻结在地面上了，双脚再也无力挪开。

等到中午也没等到一个人，不知过了多久，胡一苇像被人抽走脊椎骨一般，浑身发软，摇摇晃晃离开大兴电子厂。回到酒店后倒头就睡，一直睡到刚才。

醒来后，吴昊然想把自己混乱的思绪，理出一个头绪来，门铃响了，并且在继续鸣响。

他的手刚刚扭动门把，住在对面的杨老头就探进了半个雪白的脑袋。

互相微微鞠躬、握手，一起坐在沙发上。

业务进行得怎样？老头关切地问。

没有什么进展。

对深圳印象怎样？

还好。

老杨仔细地打量着他，无法判断他是喜还是忧。但他希望能在这多待一会儿，因为他喜欢胡一苇。

胡一苇高大挺拔，一表人才，一双黑而明亮的眼睛在长而浓密的睫毛下闪烁着，鼻子端正，下颌突出，丰满的双唇几乎时刻紧闭着。他毕业于名牌大学，是湖南省电子工业局的高级工程师。

唉，在深圳要做成一单生意很难啊，我花了好大的力气才安排了锰矿 300 多名子弟，待在这儿守着他们。谁知好好的又变卦了，不得不为他们寻找另外的劳务市场。

是吗？胡一苇不以为然地说着。他的思想乱乱的，到了深圳，他的思维就像一只飘飘荡荡忙忙乱乱飞舞的蝴蝶，他在寻找，想要寻回那困扰他多年的牵挂。那是一朵美丽的小花，在阳光下，向他展开笑脸，而后这朵小花被碾进泥土，化为尘埃，但他却像只多情的蝴蝶依然在寻找。他想要找回那失去的爱情，寻回一个完整的梦。

你是不是想喝点什么？酒？饮料？茶？好了，我去把咖啡拿过来，朋友送给我一斤最好的咖啡，香极了，我们一起享受，杨志云说，他匆匆一步跨出去，回来时，手里提了一个很大的包。

这是一个保鲜袋，一位战友送我的，无能什么吃的装进去都不会变质。

杨志云一边说一边从包里掏出他的电热杯和咖啡，他把电热杯的插头插进开关里，把杯子里注满水，再把咖啡倒进杯子里。

你今年多大？他问。

45岁。

45岁，杨志云眯着眼睛看着胡一苇。说：我在这个年龄时，正在兰州筹建一个大型的核电站。我做了多年大型企业的厂长，那时无须去寻找市场，一切由国家安排，吃大锅饭。现在回想起来，我们干的都是维持秩序，不论什么部门，干什么工作，都是在维持秩序。一切按部就班，毫无建树。尤其像你们这样的中层干部，我们对他们的要求就是工作认真，遵守纪律，勤勤恳恳，表里如一。根本不会去关注他们的业务能力，才华和学识。如果他们出身好，还能说会道，就是厂长级别的人选。当工人出现这样或那样的问题时，能去做思想工作，让工人们绝对服从上级的安排的，这样的人就会青云直上。那时，思想工作还是有它巨大的力量，你说对吗？

胡一苇"嗯"了一声。

杨志云站了起来，将一块糖丢进咖啡里，电热杯已经冒出了热气，细小的水珠越来越多的溅出来，杯子里发出了"咕咕"的响声，咖啡的香气飘浮在整个屋子里。

胡一苇的思想早已飘到了一个遥远的年代，那是他的插队生涯。一个女孩总在他的眼前晃来晃去，那是一个高雅而美丽的女孩，有一种别的女孩所没有的韵味，一双眼睛犹如美丽的小花，在阳光里总是向他展开微笑。那恬静而端庄的微笑，让你觉得可亲而不可近。

假如，我们能像过去一样注重对工人们的思想教育，让每个人都能履行本职工作，取悦上级。我想，工人们的思想就不会混乱到这个地步。现在还有人想当劳模吗？想当先进工作者吗？不会有这种追求了，劳模与先进已成为历史。人们宁可把自己交给牌桌，也不愿干那种只有荣誉而没有酬劳的工作。工人们把打牌叫做学习文件，太可笑了。我有一个侄女是个纺织工人，家里堆满了纱锭。一问，是从工厂偷回来的，偷回来干什么？擦屁股。你看看这像话吗？她还蛮有理由地说，现在全民皆盗，不拿白不拿，谁也管不着。干部们也在拿厂里的东西讨好是四面八方。工厂垮了，管理者和工人们都有责任。

杨志云边说边将杯子洗干净，把咖啡倒了进去。

喝吧，趁热喝才香。吃面包吗？杨志勇又从包里拿出一个一磅重的面包。面包金灿灿，黄腻腻的，香气扑鼻。

胡一苇端起咖啡喝了一口，这才觉得自己的肚子太饿了，从昨天早晨到现在，什么都没吃。他毫不客气地撕下一大截面包，在杨志云赞许的目光里咬下一大块。

我说的思想教育当然是给全国人民洗脑，是借教育去制造傀儡，是用冠冕堂皇的政治术语，去达到整人的目的。五七年反右时，我正在中央核工业部保安局工作。那时很多的苏联专家都在帮助我们。部里有一位年轻漂亮。才华横溢的女翻译与一位年轻的苏联专家谈起了恋爱。女翻译出身不好，社会背景十分复杂，不管她才能如何，表现怎样，都被定为右派，这是政治运动的需要。但是谈恋爱的事情已经发生了，又怎么去向苏联专家解释？那个年轻的苏联专家非常爱她，不管我们怎么阻止，坚持要立即结婚。就在婚礼的前一夜，保安局以涉嫌泄密罪逮捕了女翻译，为了避免过多的麻烦，我们把她装在麻袋里送进了监狱。以后又把她送到甘肃的劳改农场，后来听说她死在那里。10 年后我也被人装进麻袋，从贵阳送到甘肃去批斗。那时我是锰矿的党委书记，在狂热的政治口号中，我被工人们批斗得九死一生。但我记得最清楚的是装在麻袋的感觉，那感觉就好像被活埋了一次。

那是阶级敌人对您的报复，一苇调侃他。

不，是报应，我该得到的人性的反馈。

胡一苇吃完了那一截面包，又喝完了咖啡，他的思维又清晰了很多，大脑迅速地亢奋起来。昨天，木子在电话里告诉他，刘雨绮在深圳，并告诉了雨绮的联系电话。这使他原本混乱的大脑更乱了，比以前更清楚地记起了刘雨绮的一举一动，一颦一笑。

他的心隐隐作痛，真是剪不断，理还乱。他和雨绮的爱情就是一部当代的《红楼梦》，虽然不像《红楼梦》那么豪华，但所有情节一样。当温柔大度的木子和他们一起玩的时候，雨绮那扯不清楚的误解与小小的斗气就多了起来，真的让他既甜蜜又苦恼。和宝玉黛玉一样，他和雨绮分开片刻又想亲近，在一起雨绮又为那些小事儿无端生气。他时时刻刻小心地哄着她，只要她开心，他宁愿下十八层地狱。然而，结局更像宝黛，他实现了所有人的期望，娶了木子，雨绮却是个悲剧。

喂，胡总，你在想什么？

我，在想昨天的事，胡一苇支支吾吾回答。

钱收到没有？

胡一苇一下子回到了现实，痛苦地说：三十万元，没了。假如这钱掉进了水里，也会"咚"地响一声，可是它响都没响一声就没了，就被骗走了，真的难以接受。

你去电子市场了吗？

没有。

胡一苇说着从床上爬起来，老躺在床上也不是个事。

老头很健谈，讲话不紧不慢，语气温和，表情生动，普通话字正腔圆，好像在给胡一苇上历史课。记不得他已是第几次自报家门了，说他姓杨，年已七十，是个副部级的老革命。和胡一苇一样，住在环宇酒店最廉价的客房里，忍受着没有电视的寂寞和午后的炎热。

也不记得他是第几次把自己的证件拿给胡一苇看，证件上赫然盖着中国核工业总公司的朱红大印，行政级别上写着副部长三个大字。待胡一苇看完，他把证件小心谨慎地放进公文包里，再把公文包里的书籍、批文的复印件、价目表等拿出来放在胡一苇的桌上，像个慈祥的长者要胡一苇认真地读一读，学习学习，了解了解市场动态，尤其要深刻理解邓小平主席的"让一部分人先富起来"的潜台词，放心大胆的追求财富。

他的热情反而让吴一韦怀疑他的副部长身份，从心底里认为他是一个玩仙人跳的骗子。

胡一苇盥洗完毕，坐到了他旁边的沙发上。

胡总，我来深圳已经八年了，没有不熟悉的地方和没打过交道的公司。把你收账的事说出来听听，看我能不能帮你。

胡一苇略为犹豫了一下，把昨天的遭遇说了出来。

老头说：你说的这家公司我知道，在沙井的壕星工业区。是个村办企业，曾经为香港的玩具公司组装电子玩具，没听说组装过 VCD，经营得还不错。承包人赚了钱就跑，在深圳很平常。但是这个村办企业把你公司的货款吞了，就违法了。你需要花点时间去打官司。官司没有悬念，你肯定赢，不过企业的承包人不肯拿钱还给你是没人管的，法院也只会出个判决书，不会强制执行，到头来你还是拿不到钱。

杨部长，除了打官司还有其他途径吗？

唉，杨志云长长叹了口气。说：前几年全民经商，真真假假的商人和企业家们，欠下的三角帐太多了，真是扯不尽的麻纱。三角账你懂不懂？譬如你的公司用银行贷款购买大兴电子公司的 VCD，大兴公司又用你的货款去买了另一家公司的电子元件，结果货款被那家公司吞了。或者原材料买到了，产品生产出来了，却卖不出去，存放在仓库里，拿不出钱来还债。

杨部长，你说的这些我都经历过，问题是我给他们钱，他们就要给我货，没货退款，不能让我当冤大头。

要是他说企业破产了，你怎么办？你看过他的仓库吗？

没有，看厂房的老头说他是打工仔，没有仓库钥匙，也不知当事人是谁。我等了大半天，看守老头说就是等上十天半个月也没用。

胡总，深圳既是个精英荟萃之处，也是个骗子云集之地，阳光下的阴谋，黑暗中的罪恶，比比皆是。况且收债是要花时间的，最后可能只有让司法介入。无论打官司还是找那欠债人都要化上两、三个月，况且三十万元也不是笔小钱，吞进去了，舍得吐出来吗？。

杨部长，您的意思是我只能放弃。

也不是。这样吧，我找个人陪你一起去，他是个很有经验的收债人，只要去大兴电子公司转一圈，就知道能不能收回欠款。不过他是要收回扣的。

杨部长，要收多少？

胡总，收别人的是欠款的70%，如果是我的朋友另当别论，收50%。

50%？胡一苇差点喊起来。杨部长，这也太多了吧？

小胡啊，这是行情。我还没收茶水费呢，你的事，我连茶水费都不要，纯帮忙。没人帮你，50%你都收不回。

杨部长，我去总机房给领导打个电话汇报一下。

胡一苇边说边起身，杨部长拉住他，说：电话我有，就在这里打吧。

部长从公文包里掏出一个黑色的塑料盒子，说：这叫大哥大，一个香港朋友才送给我的。不会用，是吗？说电话号码，我帮你拨。

胡一苇一脸的懵懂，眼睛盯着黑盒子，问：这就是传说中的无线电话？

老杨说：是的，要是你们厂能生产这个就大发了，一部两万多，黑市五万，上网还要一千多。它很重的，除了打电话还可以用来打人，说号码吧。

胡一苇刚报完电话号码，大哥大就"嘟……"响了，电话里传出马局长"喂喂"的声音。

胡一苇接过老杨的大哥大，说"马局，是我，胡一苇。"

胡一苇把要债的事说了一通，又听了一会，完了，把大哥大还给老杨，说：马局长说，这是大事，要开会研究，让我在深圳等局里的电话。

老杨的嘴角出现一丝嘲讽的微笑，说：开会？这几年，你们局长捞足了油水，对吧。

胡一苇也笑笑，默认了这个事实。

省电子工业局管辖着电子计算机厂，无线电一厂、二厂，微波设备厂，电子仪表厂和经济技术服务公司。这些企业有的破产了，有的改制了。电子局为此成立了一个善后工作领导小组，专门处理下属工厂的干部安置和经济问题。这些问题其实是不可能得到妥善解决的，领导们心里很清楚，只是装模作样走一个过程。胡一苇不幸被领导们选中为小组成员，在马局长的直接领导下工作。

来深圳的前一天，秘书要胡一苇先去马局长家。

当他走进马局家，就被马局的豪宅震慑了，四室两厅装修的尽是名画古董。儿女们都长大了，有了自己的住宅，不必几代同堂。马局还在屋顶上建了两个四向透风的房间，驯养他的宠物信鸽。胡一苇一进来，保姆就让他去屋顶，马局长正把油菜籽倒进鸽子的食槽，鸽子们发出欢乐的"咕咕"声，并使劲地扑打着翅膀飞舞。

好容易等到鸽子一心一意去啄食，马局长这才回过头来。

小胡呀，来多久了？马局长故意把声音提高八度，装出惊喜的样子。

马局，听说你找我，所以就来了。

对，对对，我找你来研究研究经济技术服务公司的事。

找我研究？

是的，我想听听你的意见。

一苇想：前几年，电子局注册经济技术服务公司，就是为给干部们捞点奖金发个福利什么的。要是有计划内美金指标，十万额度就是十万人民币，这样的好事一定交由局里的亲信去做。譬如马洪波等人，兑换后交八万给局里，自己不费吹灰之力赚二万手续费。如今公司除了债务没有一分现金，还欠下银行几十万贷款和一百多名职工大半年的工资。找我研究？让我背黑锅吧。

胡一苇掩藏住内心真实的想法，说：马局，我的意见是把这个公司注销掉，百来个人都分到下面的工厂去。公司都有好长时间没发工资了，已经失去了凝聚力。员工们四处流散，公关小姐都给人家做了情妇，王秋平还失踪了，她妈妈眼睛都哭瞎了。

不行啊，下面的工厂，目前正是处于经济大滑坡，原有的工人都无事可做。要能分下去，我早把他们分下去了。再说经济技术服务公司是为生产服务的，假如产品过剩，它要帮助工厂积极推销产品。要是资金链断裂，它要立马去银行公关。有时跑跑经委计委，很多机会是跑出来的。一苇，过去十年，跑批文，跑平价的钢材，聚乙烯、聚丙烯，跑美元跑汇率。层层申请，层层分配，要多难有多难，下面的工厂谁能办得到？只有科技服务公司才能办到。

胡一苇说，我知道科技服务公司里是有几个通天人物，他们是市长的内弟，计委主任的外甥，银行行长的女婿，市团委推荐的美女。工商、税务、银行、物价等部门领导的待业子弟，他们八仙飘海，各显其能，没有什么办不到的事。马局，还是把他们叫来，大家一起研究。

笑容立刻在马局的脸上凝固了，心里在骂：大胆！

无论是生产资料双轨制，汇率牌价双轨制，还是市坊价格双轨制，一半计划一半议价，工人们都是眼睁睁地看着官员们及子女将计划内的商品倒卖给黑市，一倒二倒三倒，从中赚取成倍的差价。在计划经济走向市坊经济过程中，他们成了中国的第一批富豪，带着资本的原罪，将中国经济引领为权贵经济。经过十几年的改革，计划经济终于走到尽头，再也走不下去，物价双轨制随即寿终正寝。当年喧嚣一时的倒爷们都离开了经济技术服务公司，办起了自己的公司，经营着各种各样的行业。这些你胡一苇明明清楚，却用这事打我马局的脸。

思忖片刻，马局长说：正因为找不到他们，经局里研究让你以经济技术服务公司总经理的职权处理服务公司的善后，实际上是将启动全局生产的重大责任交给你呀，你四十几岁了，也该建功立业了，这次搞好了，你升个科长没问题，或许升个副局也不一定，我说话算数。

胡一苇心里冷笑一声。

马局长说：经局里研究派去深圳，深圳，你去过吗？

胡一苇摇摇头。

正好，去见识见识中国的特区。第一，去收回一笔旧账，第二，为电子产品找一个市场。如果还找不到市场，电子计算机厂，微波设备厂都将破产，电子局就只剩下一个空壳了。

就这样，胡一苇来到深圳，住进了环宇大酒店，认识了老干部杨志云。

杨志云一直用他阅历丰富的老眼盯着胡一苇，听他骂出"混蛋"二字，以为他为讨债的事生气。便劝道：胡总，别生气啦，要债的事急也没用，这两天你要是没事，就跟我一起玩。

走吧！杨志云说完拉着一苇的手，提着他的公文包冲了出去。

杨志云匆匆走在街上，他显然不知道自己的年龄，或者不知道自己站在生命的什么阶段，一苇从他那横冲直撞的作风就可以看得出来。

他不像个七旬老人那样只关心自己。他说：在深圳，他没有地位，没有关系网，熟人也不多，挤不进倒爷的队伍。这里的生活，完全不像他在大连的干休所里。在那里，他可以随意要来一辆轿车去会一会战友或老上级，可以乘汽艇至某个岛屿钓鱼。他的身边总有一两个工作人员照顾着他的饮食起居，还可以享受一流的保健医疗。但他把那个休养所称作等死队，不愿意在那儿等死。他郁闷地过了两年，老婆也患癌症死了。终于等来了八十年代的全民经商。他的好多战友和上下级都成了超级倒爷，他们发了财养了情妇，还把儿女送到国外。他再也按捺不住从干休所跑了出来，想要大干一场，为他的人生画上一个完美的句号。这时一个同事特意告诉他，他工作过多年的锰矿由于矿藏采掘完了，几千名矿工失业，他们的上千名子女在大山里待业，情景十分凄惨。

他立即跑到那个锰矿，当他了解到工人们的困顿时便由衷的不安。他三上北京与核工业总公司交涉，声泪俱下的诉说这些为中国的核工业做出巨大贡献的工人是如何需要上级的关怀与爱护，至少应该保证他们的工资和基本养老金。

可是感情不能代替政策，已经挖掘一空的锰矿只能作为一个独立核算的企业而自谋出路。

他的确茫然了，这么做，还像个社会主义国家吗？这不是一个人两个人吃饭的问题，而是几千工人和他们子女们的生存问题。最后，他只好把矿里几百个孩子带到深圳。他已看出深圳是一个十分广阔的劳务市坊，也许那些矿山里长大的孩子能在这里寻到一条出路。

他没看错，深圳在飞速发展，正需要大批的建设者。

起初，他每介绍一个打工仔，能得到用工方 50 元到 100 元的中介费，不过，现在的深圳的劳务市场已经过剩，打工仔都要经过一个廉价的试用期。

昨晚，他接到一个公司的电话，说是要他帮忙找三百个熟练的插件工，明天就要上流水线，工资他也谈好了，每小时 12 元，没有试用期。

现在他要赶到城中村去找他从锰矿带来的那些打工仔，这些年他一直把他们当成自己的孩子，虽然甲方不再给他中介费，需要用工时还是找他，知道他带来的那批孩子已经成为流水线上的熟练工，而且规规矩矩的。

城中村的宁静的早晨刚刚过去，闹哄哄的嘈杂而混乱的一天开始了。上午八点，对城中村的移民来说，是离开家去找活干的时候。

矿工的女儿小李是杨志云最早从锰矿带来女孩，如今已经结婚生子，定居在城中村中，成了锰矿子弟的大姐大。杨志云敲开小李的门，把招聘的事详详细细地告诉这位老搭档，要她在今天与用工方签好合同，让那些正好失业的锰矿子弟明天就去上工。现在锰矿子弟已近千名，每天至少有上百人临时失业，杨志云也每天都为这事操心。

交待完这些，杨志云身上开始流汗，脸也因为天热而变得通红。他从公文包里拿出雨伞，左手提起公文包，右手举起雨伞，领着一苇冲了出去。

在街上，他高大的身躯竟显得飘忽而轻盈，皤皤白发在脑后飘动，横过马路时，他高高举起那把卷在一起的雨伞，向那些朝他开过来的急驶的车辆指示自己要去的方向，全然不顾及这些车辆有可能从自己身上轧过去。

杨志云要在十点前赶到振伟电子厂，他打听到那家工厂的老板姓潘，从香港到深圳来投资办厂，急需购买设备和大批电子元件。而他的手头正有大量的可靠的关于设备类，元器件类的信息。他已与潘老板约定十点见面，他知道香港老板办事是很讲规矩的，凡事都按契约办。眼看时间快到，他挥手邀了辆的士，必须坐的士去见老板，这样也会有面子。为了抄近路，他步行穿过好几条街道，这样才能省时又省钱。

和潘总见面后，寒暄几句，便招呼一苇一起坐进潘总的凯迪拉克向华强北驰去。

这一天，他为潘总提供的二手设备近百万元，大多还有九成新。潘总十分满意他的服务，给了他一万元的中介费。一万元是他三个月的退休工资，是深圳的白领们半年的收入，是内地工人几乎两年的工资。九十年代初，内地工人的年收入不会超过五千元。

胡一苇亲眼看到潘老板把一万元交到杨老头手中，佩服之情油然面生。

杨志云对一苇说：今天我要请你好好吃一顿粤菜，我带你去最豪华的酒家吃正宗的海鲜。

他们来到东门的新安酒楼，杨志云说：啊，这里吃粤菜才正宗，海鲜做得特别嫩。

古色古香的酒楼里面香气四溢，宾客已经坐得满满的。一个年轻的服务生将他们领到茶座上，替他们倒了一杯香茶，给了一个号，要他们听到叫号才进餐厅。

杨志云无限感慨地对一苇说：这里最低消费一千元，还要叫号入座，深圳有钱的人太多了。

喝了一口茶，杨志云又说：深圳从成为特区开始，走的就是市场经济的模式，很多管理方式是从香港抄袭来的。它竞争的是现代化的科学技术，追求的生产效率和经济效益，写在城市上空的口号是：时间就是金钱，效率就是生命。在追求金钱和效率的深圳，政治是靠边站的。像我这样的老离退休干部老党员在深圳是没有市场的，生意人不认可我们。我知道在深圳我挤不进倒爷的队伍，当不了企业的顾问，钻不进权力的关系网，我只能做提篮子的买卖。当年我把锰矿的子弟从贵州的大山里带到深圳来，是为了帮助他们解决生存的问题，结果最大的受益者是我自己。自从我把矿工子弟领进深圳的工厂，我就有了不菲的收益。最最重要的是我结识了很多公司要员和公司的老板，我与老板们成为朋友，了解到他们的各种各样的需求，于是我牵线搭桥为老板们排忧解难收取中介费，并且越做市场越大。因为我总是走在市场的前面，当行情来到时，我已经胜券在握。

一苇说：无须本钱的买卖，做到你这个层次，已经够令人羡慕的了。

杨志云说：羁旅生活的孤独与烦闷，恐怕是居家过日子的人难以想象的，整日茕茕孑立，形影相吊，只要碰到个人，我总有寻找友谊的冲动。

一苇说：是呀，是呀。我才出差几天就想家了。

那一天，他们点了很多菜，喝了很多酒，也说了很多话。结账时，一苇争着付钱。杨志云说，你付不起的。一苇问：多少钱？杨志云说：

一千七百元，我是会员，七折。如果是你要付二千四百元。一苇"啊"的叫出声来。

第二天，胡一苇醒得很早，昨晚他在床上翻来覆去地睡不着，不再想那些儿女情长的事，决定斗胆改变自己的命运。在这个改革开放的年代，人的命运就像天空中的云彩，风云会际，变幻莫测。俗话说：撑死胆大的，饿死胆少的，再也不能做缩头乌龟了，说不定哪一天经济技术服务公司宣布破产，自己也像刘昊然一样失业。尤其到了深圳，看到杨志云老头子还在打拼，自己正当壮年怎么能无动于衷？可是，谁能帮助他改变命运？杨志云？刘雨绮？以前他总为雨绮的不幸痛苦，没想到娇弱的雨绮通过自己的努力改变了命运，书写了一个励志的故事。

好不容易熬到天亮，他爬起来走进盥洗室洗漱一番，从旅行包里拿出最好的西服换上。

五月的深圳开始热起来，胡一苇打开窗户放眼眺望远处。透出金色光芒的云团正疾速地从天际边的山峦飘向空中，薄纱般的缠绕在山腰的白雾正慢慢浓积成云，向上升腾。从大海那边吹来的风凉嗖嗖的，清爽而惬意。城市的角角落落盛开着玫瑰色的簕杜鹃，街边，黄色的风铃花开满大树，高高的木棉树像英雄一样挺拔，枝叶旁逸侧出，那火焰一般的花朵迎着金色的太阳开放。紫荆树东斜西歪，像醉汉一般，它开出的紫红色的花却美丽端庄。深圳的高楼大厦在花海中耸立，景致美不胜收。天气总是那么好，好得使人不忍离去。

远处的石英钟响了八下。

八点了，胡一苇整了整衣服，敲响了杨志云的门。

杨志云早就洗漱完毕，在电水壶里装好了一壶水，茶几上摆好了精美的广式茶具和西湖龙井茶叶。他并不是真的要和胡一苇喝茶，只是等胡一苇敲门进来后，看他饮茶的气派。

自从知道胡一苇是电子工程师以后，便对他刮目相看。深圳每一家工厂都与电子产品紧密相关，产品也在飞快地改朝更代。上个月香港老板送给他的大哥大有砖头那么大，昨天潘老板手持的大哥大只有他的一半大了，再过一个月，天知道又变成什么样子。自己在电子产品里滚爬了几年，对电子这门学问也只是一知半解，这也是他只敢做中介不敢做老板的原因。他真想把胡一苇留下来，成为他的帮手。

"咚、咚、咚"门被敲响了，杨志云打开了迎接胡一苇的门。

胡总，看到你今天满脸喜气，有什么高兴的事与我这糟老头分享？杨志云让一苇坐在沙发上，然后插上插头，电水壶立即发出"嘁嘁"的声音。

一苇说：杨部长，还真有件喜事告诉你，让我先给你看张照片。

一苇从皮夹里抽出一张照片，杨老头带上老花眼镜接了过去。一苇说：你老好好看看，还能认出我吗？

那是一张发黄的照片，上面有五张年轻的脸，两女三男。照片上方写着：广阔天地炼红心。1968 年 12 月 1 日。

杨志云指着照片上的一个女孩说：这不是演员刘晓庆吗？

一苇说：不，她是刘雨绮，比刘晓庆还漂亮。

哦，杨志云笑起来，然后指着后排中间的男孩说：胡总，这是你呀，虽然有些变化，你还是英俊不减当年。你前面的女孩也不错，比起香港演员米雪靓得多。嗯，你旁边的两个男孩都是靓仔。那时你们真年轻，有二十岁吗。

一苇说：三个男生十八岁，女生还不到十六岁。那一天我们一起下乡到岳阳的西湖边，然后我在那里当了九年的知青。

这个靓女呢？当了几年知青？杨志云指着雨绮问。

一苇回答说：她当了七年知青。她的哥哥，就是站在她的身后的靓仔，也当了七年知青。

杨志云说：那也够久的，宝贵的青春就在农村浪费了。

一苇说：是呀，真的很可惜。但有什么办法呢？幸好七七年恢复了高考，我考上了西北电子科技大学才离开农村。

电壶的哨声响了，水开了。杨志云用开水烫过茶杯茶壶，在小巧的茶壶里装满西湖龙井，开水沏过，散发出浓郁的香气，一苇的大脑在这一瞬陶醉在茶香里，胃也蠕动起来，有了食欲，口也渴了，恨不得猛喝一大口。

杨志云说：广东对饮茶是很讲究的，第一次泡过的茶水是用来洗茶叶的，必须倒干净，第二次沏的茶才能喝。说完在一苇前面的精致的陶瓷杯里倒了一小口茶，然后才为自己斟上茶水。

这样的喝茶讲究的是一个"慢"字，慢慢喝细细品。几杯之后，杨志云问：茶怎样？一苇说：很香。杨志云说：我这是一品的西湖龙井和宜兴陶瓷茶具，泡出的茶细腻绵长清香入脾，喝这样的茶才是享受。吴总，照片已看过了，有什么喜事与我分享？

一苇说：昨晚我才得知雨绮在深圳的赛格集团工作，我想借你的大哥大约她见面。她，是我的初恋，我爱她胜过我的妻子。

杨志云惊讶的"啊"了一声，将大哥大递给一苇，说：要我违避吗？

一苇拨着电话号，摇摇头。大哥大通了，一苇说：雨绮吗？我是一苇。大哥大里传出雨绮清脆的惊喜的叫声：啊，一苇，你在哪？一苇说：我现在深圳，能见一面吗？

哦，我正忙，你住深圳哪里？环宇大酒店十四搂，知道了，我晚上来找你。

电话挂了，胡一苇紧握着大哥大，生怕雨绮还会给他打来电话，舍不得还给杨志云。

杨志云满脸绽放笑容，说：胡总，赛格集团是深圳第一批上市的公司，是一个了不起的电子公司，银行都认它为财神爷，有很多生意可做哟。你一定要把这个靓女介绍给我，这样吧，你给个时间，我请你们喝早茶。

一苇沉浸在即将与雨绮见面的亢奋中，完全没听懂杨志云的话，只是欣喜地点点头。

（三）

下班了，雨绮走出办公室。在平时她是要加班的，事情总是那么多，好像永远也干不完。

在接到一苇的电话后，她就盼着时间快点过，而事实是时间比平时过得更慢，好像走过了她生命的一半，才捱到下班。

每天的下午六点，下班的人群像潮水般涌向公交站台。雨绮好不容易邀到一辆的士，向着环宇酒店飞驰而去。

环宇酒店在深圳小有名气，金碧辉煌的大厅里，装饰着名贵的植物和一座座女人的裸体雕塑。大厅的门口身着旗袍的迎宾女郎仪态万方的送往迎来。右边的吧台上，吧台小姐用一成不变的笑容为客人登记住宿。左边有欧式的咖啡厅和装修得古色古香的中式餐厅。一苇下午两点就坐在大厅的沙发上等候雨绮，他看完大厅里所有的报纸和服务规则，时针才慢慢走到下午四点。他感觉有点饿，便走进餐厅。他向餐厅的服务生要了一份菜谱，菜式很多，中国的八大菜系都有，还有海鲜和香港最新流行的美酒佳肴，价格不菲，估计点四个菜和一瓶葡萄酒两千元左右。

一苇苦笑一下，放下菜谱，走出来。他就是掏尽口袋里所有的钱，也不足一千元，还要买火车票回家。

他点了一杯咖啡，又坐回到原来的沙发上，一小口一小口地啜着，打发着难捱的时光。后来，他在坐立不安中取出艾米莉·勃兰特的小说《呼啸山庄》读了起来。苦涩地想到自己也有过希刺克厉夫的遭遇。

他和雨绮的爱情就是被刘昊然掐断的。原因很简单，马洪波的爸爸是局长，他的爸爸是右派。马洪波的爸爸从牛棚回到局长的宝座时，他的爸爸被遣送到最贫苦最荒凉的乡村。他和雨绮的爱情到了白热化的程度，马洪波那小子离开知青队伍成了工农兵大学生，上了中南大学的行政管理系。命运注定他未来站在领导岗位上，生命将从一个辉煌走向另一个辉煌。

大学生马洪波给知青雨绮一天一封情书，今天说雨绮温柔美丽，是他心中的天使，令他迷恋到如痴如醉；明天说他暗恋雨绮已久，只是不忍心以一个知青的身份向她表白，不忍心让她这样千娇百媚的女孩成为乡村堂客。又说他爸爸已官复原职，他的身份也改变了，可以给她幸福，还可以改变她一家人的命运。最重要的是，他爱雨绮的心，海枯石烂，永远不变。他说：雨绮，木子不美吗？也很美呀，但是，我心里只有你，在我的眼里，你比木子美一千倍一万倍。

马洪波的话深深打动了刘昊然。在刘昊然心里，一个连自己都养不活的男人，用甜言蜜语去诱惑不懂得生活的女孩，就是爱情骗子，况且总在两个女孩之间摇摆不定。尽管他们一起长大，一起下乡，住在同一间知青屋里，他却坚决反对一苇去爱雨绮。昊然对雨绮一直有着父亲对女儿一样的感情，只是他自己没有感觉到。有哪一个父亲愿意自己的女儿受苦？一苇的父亲一直没有工作，后来也被遣送去了农村。在如此艰难的生存环境里，一苇还奢望爱情，让昊然很鄙视他。昊然认为男子汉不但要忠诚于爱情，还要有爱的能力，二者缺一，不配为人丈夫。

75 年，马洪波还在念大学，马局长动用手中的权力将刘昊然招工到省电子仪表厂，刘雨绮则进了省农资局，昊然母亲也由长期临时工转为湘绣厂正式职工。昊然不仅一家团圆，还找了一个当厅局长的亲戚、令左邻右舍羡慕得眼珠子差点掉了出来。从此，知青屋只剩下胡一苇和李木子相依相伴，艰难度日。

那时，我能有什么可以与马洪波竞争，胡一苇想。虽然，他和雨绮经历了刻骨铭心的爱，肝肠寸断的痛，生死难舍的离别，终于在泪水里告别了爱情。一苇眼睁睁地看着雨绮成为马洪波的新娘，这种痛不是一时一日，而是一生一世。

七点，雨绮从的士里出来，匆匆几步来到一苇身边。无论在哪里，雨绮的美貌与气质总是吸引众人的目光。她身材窈窕，皮肤白皙，深深的眼窝里一双黑色的眼睛顾盼生辉，一点红唇像绽放在春天里的玫瑰，无须化妆也是绝色美人。但是，公司规定白领们必须化妆上班。男人要喷上法国香水，女人除了喷香水还要化点淡妆。雨绮是公司的高管，不得不按照公司的规定喷上香水后在两颊抹上淡淡的脂粉。在初夏的暮色中，她头上别着的珍珠发卡闪闪发光，身着豆绿色的连衣裙，婷婷玉立，像一朵含苞待放的荷花，依偎在一苇身边。

四十岁，是女人的第二个青春期，那种成熟的美释放出超凡脱俗的魅力。暮色抹去雨绮脸上细细的皱纹，此时她就像一个二十出头的少女。当她挽起一苇的胳膊，一苇竟蒙了，不知往哪里走。按他的直觉是应该走进咖啡厅或餐厅，中年男人挽着年轻的美女走进豪华的场馆，去大把地花钱，是所有男人的骄傲和向往。

就在这时，雨绮抬起眼睛对一苇说：一苇，今晚我请你吃饭，不过，这么豪华的酒店我请不起，我请你去吃长沙米粉，怎样？

啊，一苇这才回过神来，他已经好久没有与雨绮这么亲近了，尤其是低头就可以看清楚雨绮长长的睫毛和睫毛里面放射出来的喜悦的光芒，他几乎忍不住去亲吻它。

走在深圳繁华的街道上，美女和鲜花交相辉映。豪华与奢淫五彩缤纷，酒家流光溢彩，道上宝马香车。风从大海那边吹过来，能闻到金钱的罪恶和打工仔的辛酸。

长沙米粉店是打工仔们光顾的地方，店子虽小，装修独具风情，桌子板凳全是原木，粗犷而古朴。

雨绮点了一盘花生米，一盘广东风味的烧鹅，三碗牛肚米粉和半打金威啤酒。

小店里酒肉香气四溢，餐桌上客人已坐得满满的，三三两两的边吃边聊天。

雨绮叹口气说：唉，无论走到哪里，都听人们在聊下岗。

一苇说：是呀，全社会都在关注它。雨绮，我总想问你，你当年在农资局呆得好好的，怎么也下岗了呢？

雨绮说：木子没跟你说起过？我离婚后，农资局借口人浮于事，将我下调到农资公司，农资公司的效益临界亏损，将门店承包出去。很多职工就这么下岗了，我也是其中之一。我刚从离婚大战中败下阵来，又遭遇失业，难过得连死的心都有。

一苇握紧雨绮的手说：别说了，我不该在此时提起此事。

雨绮接着说：不止这些，我妈又突发肾衰竭，透析费不能报销一分一厘，全是自费。幸亏昊然在车间承包中有双份工资和奖金，还有你爸，也拿出他的积蓄。我对昊然说，给我点时间，等我消化完这么多的苦难后，再来照顾妈妈。

这时，服务员送上他们点的啤酒、花生米和烧鹅。

烧鹅的诱人的香气刺激着一苇的肠胃，一苇忍不住用手拈了一块丢进嘴里。

雨绮说：几十年了，这个习惯怎么还没改掉。下乡时，如果没有我照顾你，你恐怕饿死几十回了。

一苇笑了笑，用开水烫过碗筷，说：从小你就对我好，你妈和你哥疼你，好东西都留给你吃，你却偷偷地给了我，我知道，我这一辈子最对不起的人是你。如果不是因为我，你也不会离婚。

雨绮垂下长长的睫毛，竭力忍住泪水，颤声说：别说了，喝酒吧。

他们默默地一杯又一杯喝着啤酒。

后来，一苇打破沉默，他说：深圳天气真好。

雨绮说：是啊，即便是夏天，海风也冰凉如水。

所以，我想来深圳工作。

就为了好天气？

当然不是，原因很多。照这样的速度往前走，顶多半年，国企可能都被贱卖光。失业者都会涌入深圳，深圳能容纳这么多人吗？居安思危，我还不如现在就在深圳找一份工作。全国唯有深圳电子工厂最多，不在深圳寻求发展，又能在何处安身立命？我这次来深圳是何等好的机会。所以，我想请你指引我，再一次帮帮我。

雨绮说：一苇，我下岗时，木子和李森夫妇都已经下岗，他们合伙在金苹果服装市场租了个摊位卖服装。可我那时连租摊位的钱都没有，况且进货还要本钱。金苹果那时卖的都是低档服装，生意也不好做。我只好横下一条心，好好学一门专业安度下半生。我听人说会计越老越吃香，一双老眼更能辨识企业该如何经营。我决心学《会计学》，于是整天泡在湖南大学做旁听生，到会计事务所做义工，帮他们跑腿送报表，到小企业小商场做廉价会计。两年后正逢财政改革，以前的《会计师》证统统作废，财政部重新命题考试，及格者由财政部颁发烫金的《会计师》证书。我幸运地捕捉到了这次机会，获取了证书，听说去年增加了英语考试，人数也增多了。而我是第一批领取证书的会计师，弥足珍贵。我来深圳时，很多上市公司缺会计师。我应聘的赛格公司，也是一家电子公司，我可以帮你去打听一下招聘的信息。不过，你自己也要努力，科技飞速发展，知识更新也很快。

一苇说：我会照你说的去做。

一苇，我哥嫂都下岗了，你要是发达了一定要帮他。我知道你心里一直恨他。

是恨过他，不过时间慢慢治愈了我内心的创伤，我已经不再恨他了。

我哥是个好人。

是的，一苇说。

在一苇的心里，他已经不欠昊然家的人情了。79 年，他父亲在右派平反后，将补发的工资全部给了昊然的母亲，以此答谢她对他的养育之恩。两年前父亲听说昊然母亲病危，又将全部积蓄送给他母亲治病。一苇认为父亲给他家的钱已远远超过他家的付出。父亲却认为昊然母亲在举步维艰的岁月里养育一苇，是救了他儿子的命。儿子的命也是他的命，救命之恩是不能用金钱衡量的。

木子也是这么认为的，无论父亲怎么付出，她都赞同。

这一晚，他俩轻轻交谈，慢慢品尝家乡风味的牛肚米粉。当他们走出长沙米粉店，夜已深沉。天空很晴朗，在柔和而清凉的月光里，一苇挽着雨绮的手臂，慢慢走着。

时间好像穿越到二十年前，那时一苇总在月色里等待雨绮，然后挽着雨绮的手臂漫步在乡下的小径上，那美好的记忆像一幕幕电影定格在一苇的脑海里。

一束束激光从很远的地方扫过来，耀眼的光芒照亮深圳的夜空，整个深圳总处在喧嚣之中。

雨绮，我们去马路对面的荔枝公园坐一会吧，那里很清静。

不，我们已经处得够久了，雨绮说。

求你啦。

一苇，下次吧。今天已经很晚了，再晚一点，连的士都没有了。

有人想请你赏脸喝早茶，给个时间吧。

雨绮仰起脸来，笑问：谁呀？

一个朋友，一苇说。

一辆的士停了下来，司机问：要不要车？

雨绮踮起脚尖吻了一下一苇的脸颊，说：再见，回去代我向木子问好。

的士载着雨绮消失在黑暗中，一苇像木桩一样站立着，脑海里一片空白，心在痛着。他，永远失去了雨绮；他知道，对雨绮来说，没有什么能够阻挡她对生活的热爱，对远方的向往。她的生命只能从一场繁华漂泊到另一场繁华，决不会停留在过去。

六月初，真正的夏天还没到来，长沙已酷热难熬。烈日从早到晚把城市炙烤于其中，直到太阳落下，天空褪下粉红色的晚霞，热浪与光浪才渐渐变弱，最后消失在夜色中。

夜幕降临时，天空仍然湛蓝而明亮，几颗耀眼的星星闪烁着，被微风吹动着的树叶，发出沙沙的响声。马洪波将奔驰停在蓉园宾馆内，穿过石径敲响贵宾室的门。

室内坐着五个省部级官员的后代，个个气宇轩昂，踌躇满志。

马洪波进去时，副省长的儿子说：大哥，小弟们都来齐了，就等你了。

马洪波调侃说：等我干什么？难道是等我卖单？

被人称为教授的赵昂说：今晚等你来可不是要你买单，是我们兄弟六人共举大事。

与这些公子哥儿混，马洪波以前还不够级别。与杜丽琼结婚后，他的岳父是他们的财神爷，他才能够和他们称兄道弟。在这些公子哥儿心里，湖南的面积和法国相等，人口和加拿大一样多，父辈们在省里的权力相当于法国或加拿大的总统，他们是真正的贵族。

他们所说的共举大事，其实是筹措已久的贱价购买国营企业的事儿。虽然不差钱，但也要运筹策划，做胜券在握的买卖。他们已经买下好几家企业了，如今又有一个猎物落入陷阱，那就是湖南省最大的车辆制造厂。

车辆厂停工已久，五千多个职工陷入半失业状况，靠政府担保向银行贷款，每月按人头发百元左右的生活费。窘困的工人们已多次上访请愿。工人们说：这个四十多年的工厂，凝聚了两代工人的心血，如今仍然是工人们祖孙三代的饭碗，如果不能恢复生产，发不出工资，五千工人及其家人都会变成饿死鬼，这样的结局不知该由谁承担罪过？是工人的懒惰还是管理层的失策？总之不能怪市场，市场摆在那儿，该怎么运作，是管理层的智慧。工人们要求省政府惩罚工厂领导，认为是领导们穷奢极欲，搞垮了省内最好的一个国营企业。

由于欠下银行贷款太多，再怎么努力也回不到过去，省里决定将企业破产抵债。工人们情绪激昂，聚会抗议。厂领导们早已经为自己找到了退路，躲在离工厂远远的地方，躲过了历史对他们的审判。

工厂还是破产了，变卖了，两代人的心血，三代人的饭碗成了拍卖品，大后天举牌拍卖。

赵昂说：这个工厂我考察过了，占地面积很宽，价值二个亿还多，标底才三千万元。

马洪波问：有附加条件吗？

赵昂温和地说：有的，安置两千名下岗职工，这是省委的底线。省委说不让两千工人上岗，就有车辆厂五千工人的造反。我们的运作程序是这样：第一步，明天去注册一个两千一百万元资本的公司，我们六个人每人出资三百五十万，都是公司的股东，董事会的成员。公司就叫作六合科技工程机械公司，经营项目为工程机械。第二步，用六合公司的资金作担保，马总以金太阳消防科技公司的名义去银行贷款一千万二百万元，这样我们就有足够的资金买下车辆厂了。第三步，公司挂牌后，将我们手里的公司合并到六合科技工程机械公司的名下，成为六合公司的子公司。六合科技工程机械公司更名为六合科技工程机械集团。第四步在三年后，也是我们的终极目的。那就是将六合集团包装上市，到股市去圈钱。到那时，我们今天出资的三百五十万，就会变成五千万或七千万，甚至更多。工厂还是在这儿，我们也不少一根汗毛。三年，我保证每个兄弟赚几千万，这样的资本运作是不是奇妙无比？

大家说，这样固然好，工厂总得搞点什么产品，上市公司也不是那么好蒙的。况且还有两千工人要安置呢。

赵总说，至于两千工人，我是这么安排的，每人每月发四百元工资，一个月八十万元，连续发三个月，等到我们的收购完成就不再发，让他们第二次下岗。这三个月的工资就当是我们购买工厂的成本。工厂租赁出去，毕竟有十来栋厂房和上亿的重型机械设备，如果空置在那里，只会变成一堆废铁。这事越快越好，月内就要成交，机器转起来了，才说明我们有实力。盈利的问题就靠我们兄弟了，谁手里没有几个公司，谁的公司不赚钱？子公司赚钱了，集团公司的账面上不就有利润了。兄弟们，我们站在生物链的顶端，是时代的宠儿，历史赋予我们的任务是掠夺财富，而且是巧取豪夺。

这时，大家使劲鼓掌，手掌拍痛了，也打断了赵昂激情澎湃的演讲。

赵昂接着说：兄弟们，全国上亿的股民，每人奉献几元，我们就有几个亿。几波操作后，就有几十个亿。我们不去股市圈钱，光买工厂做实业又有多大的赚头？当然，我们只能暗箱操作，个中奥妙大家心里有数。总之，股东是我们，董事会由我们操纵，法人，承租人不能是我们，但必须是我们信得过的有经验的做过管理的人。大家想想，还有没有更好的方案，更好的人选。

大家说就按这个方案一步一步去做。赵总和马总都是诸葛亮，我们出钱就是。

方案定下后，他们在宾馆的酒楼里喝酒庆贺，开心到天亮。

翌日，马波回到家中，觉得头很沉重，又睡了一阵。醒来喝一杯浓浓的黑咖啡，想起赵昂临别时附在他耳边说：法人代表我已定了，你放心，很妥当的一个人。你立马去找工厂的承租人。车辆厂已经由省委内定，卖给我们了。承包也好承租也行，只要人能赶快到位，让工厂要尽快复工。承租人不要学历太高，能干就行。主要职责是让工厂机器运转，让两千工人上岗。关节眼上不能让工人闹事，省委的意思我们要明白，只有让工人上岗，工人才不会造反，懂吗？

赵昂说完，像一个成功的导演，昂首挺胸得意洋洋地的走了。

容易的事总是你做，难事甩给我。要我去找能尽快复工，管理好工人的……，马洪波心有怨气地想着，脑海里闪出一个人：刘昊然。

自从接纳刘昊然承包车间的 118 个工人，他就像接管了一支训练有素的军队。所有的工人都自觉做好自己分内的事，他只管坐享利润。后来他为这支队伍注册了金太阳科技消防公司，公司以产品质量冠压省内外。从这些工人的素质里，他看到了刘昊然高超的管力能力。

这几年，资金紧缩市场萧条，人人都哭着喊着企业无法活了，破产下岗成为社会常态。刘昊然的承包车间却越来越活泛，工人年收入上万元，公积金上百万。没有政治上的背景和政策上的投机，从无本经营到资金游刃有余，他才是一个真正的资本运作高手。

（四）

刘昊然的能力，马洪波太了解了。

马洪波十三岁时认识了刘昊然。那一年刘昊然以全市第一名的成绩考入长郡中学，进校就当了班长。而他是以教工子弟优惠三分的成绩勉强进入了长郡中学，和刘昊然成了同学。

期中考试后，他的母亲，也是班主任罗珊老师对他说：刘昊然是个聪明而忠厚的学生，你可以和他交朋友。

那时，刘昊然的个子是全班最高的，而马洪波却是最矮小的。和刘昊然走在一起，昊然不经意间地成为马洪波的保护者，不是因为马洪波是班主任的儿子，而是因为刘昊然很善良，那时候同学们都不知道马洪波的身份。

因为昊然，马洪波和胡一苇也成了好朋友。胡一苇和他们同年级，就坐在他们隔壁的教室里。

三个好朋友形影不离，被同学们称为"三剑客"。

直到文化大革命，昊然才知道马洪波是罗珊老师的儿子。昊然非常敬重罗老师，罗老师被打成黑帮分子，他日日夜夜不离左右守护着她，此事一直被长郡中学的老师作为尊师重教的案例，教育后来的学生们。

他和昊然的友谊持续了整整二十八年，从少年到中年，从朋友到亲戚。经历了文革、知青、回城三个不同的岁月，期间发生过很多动人的故事。后来，因为和雨绮婚姻破裂而告终结。

马洪波是真心爱雨绮的，一直认为老婆的美丽是丈夫的面子，雨绮给足了他面子，他为此而骄傲。

马洪波身高不足 1 米 65，看起来比雨绮还要矮小，西服穿在他身上，就像木桶套在木桩上晃来晃去，一度被人笑话为三等残废。长相更是一般，一张平庸的脸，窄额头，小眼睛，蒜头鼻子。幸亏鼻梁上架着一副金丝眼镜，嘴唇薄而红润，脸上常露笑容，便显得有几分斯文。

马洪波深知胡一苇在雨绮心中的地位，也不要求幸福的婚姻，只求雨绮为他生一个漂亮的儿子。

对马家而言，窄额头下奇丑的小眼睛和蒜头鼻，矮小的身材是他们家族的痛中之痛。当年马洪波母亲见到雨绮母女及昊然时说：这一家三口，简直就是上帝送给人间的一份礼物，那么完美，令人惊叹！

雨绮成了他的妻子后，一副小鸟依人的模样，陪他出去应酬时吐气如兰温柔得体。令朋友们羡慕不已。尤令他自豪的是，雨绮为他生了个漂亮的儿子，是高大英俊的昊然的再版。马局长逢人便说：我们马家终于出美男子了，看看我的宝贝孙子，才十三岁就长成了一米七的棒小伙子。

这一对看起来不怎么般配的夫妇一起度过了十五年恩恩爱爱的日子。有人说，这是因为马洪波对雨绮百依百顺；有人说，因为马洪波家有钱有势；也有人说，雨绮性格温柔，善良而矜持，说话细声细气，这样的女人又怎么会和丈夫吵架呢。

直到杜丽琼的出现，才颠倒了岁月，看花了芸芸众生的眼睛。

杜丽琼相貌平平，可有人说，谁要是娶了杜丽琼，谁就得到了半个银行。父亲有权，女儿有钱。

马洪波认识杜丽琼，也是因为贷款。丽琼是大权在握的信贷部主任，马洪波是第一批吃螃蟹的人，最早下海的官二代。

一来二往，两人竟如胶似漆，形影不离。马洪波说：活了四十年，方知幸福是找到志同道合的红颜知己。杜丽琼说：马洪波是最懂玩钱的人，投资给他会得到意想不到的回报。

杜丽琼很快与被她培训多年的富豪丈夫离婚，一心要嫁给马洪波。马洪波却不想离婚，只想让杜丽琼成为养在后院里的小三。

丽琼是独女，父亲的掌上明珠。事情发生后，那种只有父亲才知道的对女儿的疼爱，让老父亲恨不得一巴掌将马洪波打死。他追问马洪波：你是玩弄她还是爱她，如果是玩弄她，就离她远点，她已届中年，再也经不起玩弄了；如果爱他，赶紧离婚，不要三心二意。

马洪波说：给我点时间，我会离婚的。

老杜说：一个月，一天也不多。

一个月与雨绮离婚，也太残酷了。

但是马洪波不敢违背杜行长约定的时间。

翌日，他向雨绮提出了离婚。雨绮先是惊讶，后来忐忑不安地问：离婚后，马宁怎么办？

他猜她还是舍不得离婚的，而且害怕惊吓到儿子。他们的儿子马宁，从出生的那天起就是她生活的全部。

雨绮接着说：洪波，十三年来，马宁从来就没离开过我。

马洪波说：雨绮，你的想法我知道，但马宁是我们马家的独苗，集全家宠爱于一身。爷爷奶奶和四个姑姑都视他为心肝宝贝，你就放弃你那幼稚的想法吧。

洪波啊，马宁 9 岁那年，参加全国的奥林匹克数学赛，一举夺冠。从那以后成为长沙城耀眼的童星，众名校争夺的人才，可这一切都是我的陪伴教育的结果。我为他呕心沥血，每次比赛时，我紧张得全身肌肉酸痛。

那又怎样？

我要和他生活在一起！雨绮斩钉截铁地说，只有我才真正地爱他，视他为我的生命。

以后无论马洪波怎么劝说，雨绮始终坚定地说：我什么都不要，只要儿子。把儿子给我，我立马净身出户。

马洪波说：雨绮呀，别说这些为难我的话。除了儿子，这个家都给你，所有的房子，别墅，存款，公司统统给你，只求你同意。我带着儿子净身出户。

儿子成了离婚的焦点，离婚大战升级了又升级。马洪波是不想让家人知道的，谁知杜丽琼也加了筹码，她出资一百万，劝雨绮快点离婚。

结果，整个长沙城都知道这件事情了，各种版本的传说都有。马洪波和刘昊然也成了仇人。最后闹到法院。

马洪波说：雨绮，别怪我狠心，到了法院，你别想赢。没有事情可以难倒有钱有势有智慧的马洪波。

果然，法院判决如下：根据法律第××条，马洪波完全符合监管人条件，离婚后儿子马宁交由父亲马洪波抚养。母亲刘雨绮仅初中文化，每月收入400元，无住房，不具备抚养儿子的条件。离婚后，每月必须承担马宁生活费100元。夫妻存续期共同财产150万零2千1百元，共同债务为300万元，以资抵债后，夫妻仍负债150万元，由于马洪波经营不善，债务主要由责任人马洪波承担，刘雨绮象征性承担10万元。被告提出的马洪波婚外恋一事，由于不能举证，本庭不予受理。

然后，一大堆会计事务所出具的财务报表，公证处的文件，欠债的收据，银行评估书、房地产证等等。这些证据刘雨绮几乎看不懂，这才后悔十几年来一心照顾好丈夫儿子公婆，忽略了自己，以至无知无识，像一张废纸一样被抛弃。

雨绮一家在离婚大战中被伤害得遍体鳞伤，只剩下一口气。

最可怜的是马宁，雨绮提着行李包离开了家的那一天，他抱着妈妈，不让妈妈走，母子俩哭得天昏地暗。妈妈走后马宁不再说话，不再出门，不再理睬任何人。医生说马宁患上了轻度的自我封闭症。

离婚后，马洪波把儿子交给父母，和杜丽琼一天到晚去拜访有权有势的领导，结交生意场上的大款，酒桌上杯觥交错，歌舞场莺歌燕舞，看遍了豪华，享尽了荣耀，虚荣心得到极大的满足，觉得这一切都金钱带来的，对金钱更贪得无厌。

除了钱，他想得最多的是雨绮。他用小小的伎俩把雨绮打个落花流水，内心并不幸福。单纯的雨绮不懂复杂的生活和晦暗的人心，因此从没想到会有离婚的一天。没有背着他攒下一分私房钱，也没有独立生活的能力。更可笑的是，在离婚诉讼中，竟请李木子做她的辩护律师，结果，李木子和她一样看不懂他提交的证据。

他想：我连政府官员都可以欺骗，还骗不了你刘雨绮？骗你把自己卖了，还替我数钱。

后来妈妈告诉他：韦先生得了绝症，医院下了病危通知书，请求她带马宁去见上一面。去了，才知道雨绮下岗好久了。

他暗地里寻找雨绮，没有找到，于是把气撒在昊然头上，认为昊然没有照顾好雨绮，愤怒中把昊然的生产线摔在大街上，强占了昊然苦心经营的工厂和训练有素的团队，毁了他的事业。老孙说，自从他们离开昊然，昊然就没找到过像样的工作，生活已经把他逼上了绝路。他好像对过去的工友没有什么抱怨，只是逢人就大骂他马洪波缺德。

是的，他是一个没有道德的人，他自己也这么认为。如果有道德，就不会从胡一苇身边夺走雨绮，就不会残忍地毁掉雨绮的下半生，就不会把昊然逼上绝路。

他的内心也很不安，因为他们是宝贝儿子的妈妈和舅舅，儿子总一天会懂事，如果他说：你为什么这么残忍，猪狗不如！

他会无言以对的，毕竟他与昊然是多年的朋友，还有一丝良知尚存。

此时此刻，如果他安排昊然做车辆厂的承租人，给他优惠的条件，刘昊然一定会去承包，会认为这是他崛起的机会。可以说，整个长沙也只有刘昊然有这个胆敢担当起几千人的上岗。但是，不能让他知道自己是股东，所有的股东都不能让他知道。暗箱操作，除了他们自己，不能让任何人知道真正的股东是谁。一旦昊然失败，那也只有让他下地狱了，到那时，他又会恨他到什么地步？。

让妈妈先去探探昊然的口气，带着马宁去。马宁是外婆抚养长大的，去看望病重的外婆，是人伦所至。再说，刘昊然是非常信任妈妈的。

正在想着，妈妈一脸泪水走进来，说：洪波，韦先生刚刚去世了，马宁已经哭成泪人，一定要去看外婆，去还是不去？

马洪波说：去，还要送上厚礼，至少要送三万元。按常理，奠仪是不能退的。但昊然与我积怨已深，他一定不会收。妈，只能以你和爸爸的名义送了。告诉马宁，外婆去世，我也很难过。

马洪波并非说谎，听到韦先生的死讯他真的难过。在他父母关进牛棚里时，是韦妈妈在关心他。马宁出生后，韦妈妈成了他家的保姆，十几年来一直和他们生活在一起。

（五）

天气越来越热，还是早晨，阳光已变得像白炽灯一样的刺眼。胡一苇打开房门，让风吹进来。这时，他看到杨志云从电梯里走出来。

早，胡一苇说。

杨志云扬了扬手中的保鲜袋，说：我买了早餐，一起吃吧。

他朝吴一韦走过来，胖乎乎的脸上堆满笑容。

早餐很丰富，牛奶、茶叶蛋，广式肠粉，蟹黄包，炒河牛，摆满了吴一韦的茶几。

服务员送来一壶沏好的铁观音，问他们还需要什么？提醒胡一苇该去吧台结算了。

杨志云惊讶地问：胡总，你要走了吗？

胡一苇说：是的。

那事你们领导怎么说？

胡一苇知道他问的是收债的事，说：他们要我与你协商，是不是只提取三成。

这又不是我定的行情，没有五成他不会干的。杨志云把身子往后一仰，靠在厚厚的沙发背上。

胡一苇微笑着给杨部长沏上茶，剥了个鸡蛋放在他的碟子里，自己喝了一口牛奶。说：是给公司收款，与我没有关系，我只是被差遣到了这里。

杨老头笑了笑，说：胡总，昨晚与女朋友约会，有没有跟她提起我这个糟老头子。

一苇说：我说了你要请她喝茶的事。

老头说：那好，那好，说了就好，很多事情是讲缘分的。胡总，趁热吃肠粉，这家的肠粉比别家贵一倍，米浆是我看着用石磨磨出来的，添加了好多作料，蒸出来的肠粉又软又糯，来，你尝尝。

老头子把肠粉递到一苇手里。

一苇接过肠粉，说：杨部长，收不回债，我也不好意思久留，明天回去了。

胡总，我真想把你留下。你还记得那个在华强电子公司买设备的潘总吗？

那个香港老板吗？

他可不是香港老板，是地地道道的深圳万丰村人。万丰村是中国有名的第一富豪村，哪一家都有几十万上百万的现金存在银行里。

哦，难怪那天想都没想就给你一万元。

那是我应得的，他想不想都一样。昨天他给我打电话，要我帮他找一个电子工程师，我立马就想到你，你想不想去会一会他呢？他不太会说普通话，如果你想去，我帮你做翻译。他的工厂在沙井上星工业区，离大兴电子厂不远。不过他是上星工业区的老板，收租公哦。

啊哈，那么有钱。托杨部长的福，我正想在深圳找份工作呢。最好今天就去面谈，到了明天就没时间了。

杨志云说：好的。吴总，潘总是个有故事的人，你得先了解他，对吗？

愿闻其详。

杨志云说：深圳与香港历来以深圳河为界，深圳河不过是一条深一点的沟。越过这条沟就是比深圳不知富裕多少倍的香港。夜晚，深圳河这边黑灯瞎火，香港那边灯火辉煌。于是人们想方设法逃往香港。后来逃港的人越来越多，香港政府在河边架起铁丝网，又将河边的地面与丘陵烧得光溜溜的，连野狗都藏不住。山上面也修建了哨岗，警察二十四小时巡逻，让逃港的人无处逃遁，但逃港之风还是越演越烈。后来双方警察发现逃港的人就鸣枪警示，大海里还是天天都漂着逃港者的尸体。万丰村在零丁洋的岸边，是一个小小的渔村。出海打鱼时，海面上刮起西北风，渔船不经意间就被海风刮到了香港。只有少数的渔船被香港的海警赶回来，大多渔民逃到香港去了。逃港人的家属虽然成为了阶级敌人，经常受打击，也不准出海捕鱼。但逃港的男人们寄回好多的钱，家人的日子过得很富裕，两三年就盖起高楼。女人穿金戴银，孩子也穿上波鞋上学，有的还花钱去了老街的重点学校读书。到了72年，万丰村三百多个渔民只剩下不到八十人了。潘总那时三十来岁，是万丰村的渔业大队长，除夕前一天，他将村里剩下的七十八个渔民召集到他家里。那时渔民很苦，都想逃港。但政策规定万丰村的渔船不能过内伶仃洋，渔民互相监督，谁的渔船驶过伶仃洋，立即报告海警，抓回来是要坐牢的。但潘总这一次是鼓励渔民一起逃港，他将七十八个男人分别安排在十七条渔船上，人少船轻速度快。时间定在除夕夜，大家祭过祖宗吃过团圆饭，海警也家家户户查过了，然后看他发出的信号，花炮一上天，十七条渔船一齐出发。出发时顺便将海警的巡逻艇拖进大海，任它随海浪漂泊。那一夜刮的正是西北风，十七只渔船首尾衔接相互呼应，天没亮就到了香港的屯门。除夕夜，香港人彻夜狂欢，礼花照亮天空，他们也顺利找到了在香港的亲戚朋友。那时香港经济飞速发展，缺少的就是劳动力。于是他们安顿下来，努力挣钱。二十年过去了，他们人人成了富豪。当他们怀揣大把资金回村探亲，已成爱国的香港侨胞。深圳政府欢迎他们回乡投资，政策非常优厚。潘总去年在上星村买了二十亩地，盖了五栋厂房，一个生活区，总共不到五十万元就建成了一个大型工业区，每月能收到上万元的租金。

　　杨部长，潘总真是个敢于豁命的人，而且运气不错。

　　杨志云说：不是运气，而对形势的判断能力很强，没有人总是凭运气的，赢家是凭胆识的。

　　一苇问：他的厂房都租出去了？

　　都被台湾人租去了，一个做沙发厂，一个做服装厂，一个做鞋厂，一个做电子玩具，还有一个厂房他留给自己，他想做这个——

杨志云故意停顿下来，笑眯眯地看着一苇，要他猜。

一苇说：杨部长，别卖关子了，我可猜不出来。

杨老头举起手中的大哥大，说：做大哥大。

一苇"啊"的一声，说：难以相信，那得多少投资？

杨志云说：潘总有钱呀，他目光长远，是香港最早给深圳企业牵线搭桥的人，赚足了中介费。他在香港买了别墅，还娶了比他年轻三十岁的小老婆，生了一双儿女。目前，他认定只有电子行业最有前景，于是想生产一个中国还没有的新的产品。他没文化，却很有见识，也很精明，一心想闯进现代科学的领域，你想不想和这样的老板一起干呢？

一苇说：我倒认为这是上天给我的一个机会，我一直在关注中国的移动电话，他找到我，也算找对人了。现在移动电话是全世界的热门产品，我听说摩托罗拉一天能在深圳卖出去几千只。他要做就赶紧做，迟了，不是钱的问题，是市场的问题。

说话间，他们吃完了早餐。

杨志云说：那就赶紧去吧，很多事情赶早不如赶巧。

于是，他们迎着太阳，迎着海风向大海边的上星工业区走去。外面的世界真大，真精彩，阳光是那么灿烂夺目，一苇的心也在飞翔。

（六）

就在一苇离开酒店时，木子得到韦妈妈去世的噩耗。她立即给一苇打电话，要一苇改坐飞机回来。吧台小姐说一苇已经离开酒店了，无法联系上他。

木子无奈地放下电话，匆匆赶到昊然家，见昊然伏在母亲身上嚎啕痛哭。林子穿着白色的丧服满脸悲恸，他们的女儿平平和安安跪在奶奶身边痛哭流涕。

木子给韦妈妈上香时，悲从中来，哭倒在遗像前。

木子从小和妹妹林子向韦妈妈学习湘绣，那时湘绣是国家外汇的来源之一，工厂总是有活发给外面的绣娘做。

木子的妈妈是街道豆腐厂的女工，为了让居民们买到新鲜的豆腐。豆腐厂总是在晚上十点开工，第二天早上六点，将刚刚出锅的嫩豆腐送到各个柜台。街道豆腐厂是家几十个人的小企业，做豆腐多半是手工，而且是体力活，做起来特别累。木子的妈妈不想女儿们像她一样一天到晚累得像头骡子，鼓励女儿们去学刺绣。正好木子和雨绮是同学，两人长得极像，好多人把她们当成双胞胎。木子去雨绮家玩，见韦妈妈绣出的花鸟像活的一样，觉得非常好看，便求着韦妈妈收她为徒。韦先生也觉得木子机灵可爱，便答应了她。后来长大懂事了，木子才知韦妈妈是长沙城数一数二的湘绣高手，不但绣工好，描出的图也无人可以比拟。于是，越发努力学习。每逢寒暑假木子和林子也去湘绣厂领些绣件，在韦妈妈的指导下绣花挣钱补贴家用。

木子的父亲一直失业在家，靠母亲养活着。

据木子的母亲说，木子父亲大学毕业后，经人介绍去三青团登记处干了几个月的事。长沙和平解放，三青团解散。他就去了省共青团秘书处干了一年，镇反运动时被人诬陷为三青团骨干，公安局将他抓起来差点枪毙。受了巨大的惊吓后，父亲的工作丢了，人也大变。此后高大英俊的父亲变得猥琐而胆怯，说话只说半句，另半句消失在喉咙里，见人点头哈腰，说话唯唯诺诺。最要命的是每天都躲躲闪闪地去邮局读报纸，读完所有的报纸后，回家分析政治形势，越分析越不敢走出家门。后来运动不断，他总担心有人会举报自己，如惊弓之鸟，惶惶不可终日，差点疯掉。木子妈觉他即可气又可怜而且无可救药。只盼着木子快点长大帮她一把，谁知木子还不到十六岁就被居委会动员下乡了。

木子和雨绮是好朋友，雨绮要和哥哥昊然一起去插队落户。昊然、一苇和马洪波决定和学校同学一起走，于是木子和雨绮一起在长郡中学报名下乡。

下乡后，韦妈妈夏天为他们晒菜干，冬天为他们做腊肉腊肠，那时的物质是何等的匮乏，一米一粟都是韦妈妈从口里省出来的。如果没有韦妈妈，一苇今天不知流落在何方，他们的知青生活也不知有多艰苦。在昊然与雨绮回城后，韦妈妈一如既往为她和一苇晒菜干，做腊肉腊肠，一直到她回城做了工人，她才不再为她的生活操心。

韦妈妈是木子最为敬重的人，木子越想越伤心，也越恨一苇不能及时赶回来。

哭过后，木子擦干眼泪问林子：林子啊，丧事都安排好了吗？林子说：已联系好了殡仪馆，客人们都去哪儿用餐休息。现在就等雨绮和一苇回来了。

雨绮什么时候回来？

她正在飞机上。

正说着，她们的弟弟李森来了。李森说：我已去灵堂看过了，厂里几百个工人和韦先生的徒弟都在布置灵堂。灵堂里布满青松和鲜花，非常庄严肃穆。主持追悼会的有省政协省工商联和外经贸的老同志，我从没见过这么隆重的追悼会。

马宁已经十五岁了，长得和昊然一样高。此刻，他跪在外婆身边哭泣，罗姗老师不停为他擦泪水，劝他回家，但马宁坚持要等妈妈回来。

中午，木子接到一苇的电话。他说：木子，我今天不能回长沙了。

一苇，韦妈妈昨晚去世了，你一定要回来！

我刚才给你的店里打了电话，知道韦妈妈走了。我正要飞往南京，事关重大，回不来啊！你替我尽孝吧！

一苇，我不管你发生什么事，你一定给我回来！

一苇的电话挂了。

雨绮回来了，泣跪过母亲后，转身拥抱儿子，母子相逢又是一场悲泣。

雨绮说：儿子，再过三年，你 18 岁，就可以自由选择人生了。

马宁说：妈，我知道，我会努力学习。妈，请你坚信，谁也不能把我们分开。

韦先生去世了，长沙最后一个堪称艺术家的双面绣绣娘走了，举城哀悼。

直到丧事结束，一苇都没回来。

（七）

太阳已把最后大雨留下的水洼吸干，蔚蓝的天空射出一道道金色的光芒。一架银色的飞机掠过天空，发出巨大的轰鸣声。这样的季节，这么宁静的早晨，一切都趋向岁月静好。刘昊然站在《天心阁》的楼阁上，向远处眺望。太阳把他的身影拉得很长，像剪影一样贴在他背后的城堞上。

《天心阁》是长沙城著名的风景之一，据说古代的天文学家推测出它的上空是天宇的中心。

长沙城本来就很美丽，不需要再给它冠以美名。郁郁葱葱的树林遮蔽了城市大多数地方，鸟儿也很多，总是叽叽喳喳的叫个不停。花儿虽然不能四季盛开，清新的空气一年四季都有，空气里总荡漾着银杏叶的清香。湘江由北向南静静地流着，不经意间把长沙分成东西两半。长长的橘子洲，静卧在湘江中间，它的名气曾一度超过被誉为世界第七大奇迹的故宫。

夏天快要来了。到了夏天，整个城市便像被火烧灼一般，墙壁热得噼啪作响，路上的尘土像黄色的烟雾翻滚着，最后落在屋顶上。太阳总是那么心不在焉的移动，黄昏时刻，才从天际边落下去。风，这时从湘江那边吹过来，一天的暴热开始缓解下来。

昊然童年的家，就在天心阁的对面。那时，他站在天心阁的城楼上，看到自家的屋顶和墙壁满是灰色的尘土。这并不影响他的视觉和心情，只要站在城楼上看到自己的家，他就感到十分温暖。后来，他家的房子被拆了。

路加宽了，路边的法国梧桐像一条碧绿的玉带镶嵌在整条马路上，路边的现代化的建筑，在天际线上画出城市最为壮观的图画。但他却感到很失落，因为，再也找不到童年的温馨。

此时此刻，他怀着一颗悲痛的心，一动不动地伏在栏杆上，用双眼寻找他的家，他的童年和母亲留给他的全部记忆。

昊然自幼丧父，母亲原本是名媛淑女大家闺秀，出嫁后随丈夫来到长沙。妹妹雨绮生下不久，身为著名律师的父亲便去世了。一个受过父亲恩惠的人，见他一家可怜，将天心阁旁的木屋送给了母亲，母亲便带着一双儿女在长沙住了下来。那时，母亲的心是多么孤独悲苦。幸亏母亲的绣工特别好，每天到湘绣厂领些绣件回来，精细的绣好后，送到湘绣厂去。刺绣让母亲忘记痛苦，也换些钱回来养活一家三口。

昊然刚懂事时，胡一苇的母亲去世了。母亲与一苇的母亲同为绣娘，亲如姐妹。一苇的父亲把他寄养在昊然家，并拿出一半工资做一苇的生活费用。

58年的春天，一苇的父亲划为"右派"，被送到洞庭湖劳改农场劳动教养。从此，一苇成了孤儿。也不能说一苇完全是个孤儿，而是成了昊然家的成员，母亲的另一个亲生儿子。孩提时代总是那么的天真，昊然认为一苇就是来和他一起玩的。他把一苇当作亲兄弟，和雨绮一样，即是兄弟又是玩伴。家里房子小，天心阁成了他们的开心天地。那时去天心阁不要买门票，他们天天兴高采烈地在阁楼里爬上爬下，在假山后面捉迷藏，在开满鲜花的小径上追逐蝴蝶。到了应该回家的时候还在疯玩，母亲便放下手中的针线来找他们，到家后，为他们洗净满是污渍的脸和肮脏的小手。用母亲的话来说，就是把天心阁当成自家的后花园，兄妹三人在后花园里度过了他们天真而快乐的童年。

1963年，一苇的爸爸从农场释放回家。五年来，他失去自由，也没有一分钱的进账。他只能让一苇给母亲磕几个头，然后千恩万谢地领着儿子回家了。

68年秋天，他和雨绮，一苇和木子都上山下乡了。母亲呕心沥血养大的孩子，就像天上落下的雨水，在她的眼前四散流走。他们走的前几天，昊然看到母亲几乎流光所有的泪水。

真正理解母亲的辛苦，是在他失业的时候。那时，母亲为了照顾他和雨绮，一直没有参加工作。作为临时工，不是天天能找到活干，母亲经常失业。失业的母亲有多么焦急多么愁苦，他是不知道的。他见母亲总是把自己收藏的绝世珍贵的绣品抵押给当铺或卖给湘绣厂，换回钱养活他们。母亲的苦闷从未向他说过，是他长大后慢慢才理解的。

在他心里，母亲是一位了不起的艺术家，她的双面绣被大英博物馆珍藏；母亲也是一位学者，虽然她从未著书立说，但她的每一句话都充满哲理。街坊邻居从未叫过她 XX 堂客或 XX 大姐，而是按她娘家的姓氏称她为韦先生，被叫作先生的女人是很受人尊敬的。

想到母亲一辈子的辛酸痛苦，昊然又一次失声痛哭，他为自己当年的不懂事忏悔，也为母亲的去世伤心难过。那一天林子从木子那儿借来一千元，要陪母亲去做透析，可无论怎么劝说，母亲都不肯去。他只好拨通雨绮的电话，让雨绮劝说母亲。雨绮对母亲说，她已在深圳找到了一份高薪工作，透析费对她来说没有经济压力，她要母亲立刻去透析，否则她会放弃工作回来陪伴她。

要死，大家一起死，雨绮在电话里大声说。母亲这才流着泪随林子去了医院。谁知雨绮的话一语成箴，当天夜里母亲就走了，走得非常安静，似乎不愿带走人世间的一粒尘土，一丝牵挂。

两年来，他和林子双双失业，雨绮一心求学，平平和安安白天上学，晚上去酒店打工挣钱为奶奶治病，家里的日子几乎靠林子四处告贷。母亲心急如焚，一心求死。

出殡那天，昊然与雨绮跪在母亲旁边不吃不喝哭泣了一天一夜。这能弥补母亲为他们所遭受的苦难吗？就是死九次也难以报答母亲如山高如海深的恩情啊！

下岗费已经发下来了，按工龄发放，用善后小组的话说：这是买断工龄的钱。工厂用几千元钱，绝情地把工人们打发走了。

现在的昊然什么都不是了，双手空空，就是一个社会上的一个失业者。想到这里，昊然的心一阵阵发痛。

没有资金，没有学历，没有特长，也没有绝活，而且到了四十五岁，人生最关键的年龄，稍不留意，就迈入天命之年。到了天命之年，仍然一无所有，那么，后半辈子又能干什么？以往那种"天生我材必有用，直挂云帆下沧州"的豪情壮志再也没有了

一只苍鹰在他头顶上盘旋，几只不知天高地厚的麻雀飞了过来，苍鹰如一道疾电抓住一只麻雀，只见几片羽毛飞旋，剩下的麻雀吓得掉在地上瑟瑟发抖。丛林社会的残酷就这么蒙太奇一般，呈现在昊然眼前。

昊然想：我必须再一次冲出困境，像雄鹰一样搏击长空，否则只会像眼前这几只可怜的麻雀，躺在地上等死。

昊然昨夜辗转难眠，一早来到天心阁，是为给人生做一个重大的决策。

他这一辈子和罗珊老师结下了不解之缘，从中学生到此时此刻，她一直像妈妈一样关心他。在洪波与雨绮间离婚时，罗老师一直站在雨绮一边。她不愿把马宁交给雨绮，是因为雨绮太单纯，生活能力太差。她百般劝慰雨绮，说：雨绮呀，你和马宁及我们一家，只是暂时的分开，有一天你会像女儿一样回到我的身边。

昨天，罗老师来到他家，劝他不要为妈妈去世伤心。她说，人生总有百年，与其痛苦地活着，不如让她回归大地。希望他不要沉浸在悲痛中，振作起来，问他有什么困难，愿帮他还清所有债务。

昊然非常感动，他说只想快点找到工作，让平平和安安专心读书。

罗老师说：我正找你谈工作的事，我有一个学生刚刚买下一个大型的机械厂，想要承租出去。我认为你有能力承包下那家工厂。昊然，如果你想做的话，我就保荐你去。本来是要竞标和先交承包费

的，如果是我举荐的，这些就免了。你好好想想吧，想好了再告诉我。

创业，是昊然人生的追求，创出一个大型企业是他最终的理想。承包一个两千人的企业，也许是他走向理想的第一步，能大干一场也不枉到这世上走一遭啊！但，这个企业会不会是马洪波的呢？如果是马洪波的，饿死也绝不为马洪波打工。马洪波抢走他的事业，害他妹妹骨肉分离，害她母亲因伤心而过早离世。今生今世，他就是我的仇人。

罗老师说工厂是她的学生承包的，可以承包也可以租赁。罗老师是他最敬重的人，一生都那么正直那么善良，对他总那么诚恳，昊然没有理由不相信她。刘昊然想：万一是我被骗了，我会不客气地让马洪波坠入地狱。

他想了好久，最后决定先租赁，那样风险会小一些。规避风险比追逐利润重要得多。

昊然昂起头来，站直身子，做几个扩胸动作，然后大喊：妈妈，请您保佑您的儿子吧，我一定要成功！

昊然走下天心阁，下定决心去租赁工厂，大干一场，重塑人生。

（八）

车辆制造厂在六十年代初只是一个小小的汽车零件厂，它的旁边是第三监狱，犯人们正在生产解放牌大货车。

六十年代中期，中国掀起一场历史上最为残酷的大革命。也影响到每一个人的正常生活。那时，政府机构瘫痪，工厂停业，学生停课，中国人传承了几千年的仁、智、礼、义、信，忠，孝，勇的道德观全面崩溃。非常时期，监狱从城市中迁走了，设备和地盘交给政府，政府干脆交给汽车零件厂，反正一切都是国家的，给谁都一样。就这样，全省最大规模的车辆制造厂诞生了。

七十年代，是继续革命的年代，是抓革命，促生产的年代。头头们的主要职责是带领工人读伟人的那几本书，工人们每天马马虎虎的在工厂里混上几个小时，企业讲究的是思想进步而不是经济效益。

就这样又过了十年，中国经济已经千疮百孔。革命时代已经过去，经济建设迫在眉睫。摸着石头过河，几经改革，备尝艰辛。到了九十年代初，中国的产业工人盼来了大规模的下岗失业。

几年来，路上跑的全是日本车德国车，家电和日常生活用品也选择洋货，肯德基、麦当劳、星巴克都在中国赚大钱。中国的工厂还在用老旧的设备造破车造各种家电，商人们也不讲信用，假货和伪劣产品满天飞，一下子市场什么东西都卖不掉了。

没有经济效益的国营企业成了社会主义的毒瘤，一律关、停、并、转。车辆制造厂转卖给六合科技工程机械厂。五千失业工人愁眉苦脸，日子无以为继。

刘昊然走进六合科技工程机械厂时，厂里空旷无人，到处长满荒草，车间里铺满灰尘，锈迹斑斑的车床发出被锈蚀的腥味。

六合科技工程机械厂的牌子挂在办公室的门口，法人代表秦怀天正在门口等候着他。

秦怀天是个短小精悍的老人，今年六十岁，瘦削你脸上总挂着让人感到十分亲切的笑容。也许是因为笑的原因，脸上一道道皱纹已经固化，外表比实际年龄要显得苍老。

两人握过手后，秦怀天把刘昊然领进办公室。

崭新的办公室里一尘不染。办公桌和办公椅，还有接待客人的木沙发都闪耀着紫红色的光芒。吊在顶上的电风扇快速旋转着，发出呼呼的响声，办公室内吹过一阵阵凉爽的风。

秦怀天和刘昊然坐在办公桌的两旁，秘书黄鹂端过来两杯咖啡，咖啡的浓香被风吹得满屋飘溢。

秦怀天微笑着递过一根烟，刘昊然摆摆手，说：谢谢秦厂长，我不会抽烟。

秦怀天点燃烟，惬意地吸了一口，说：不吸烟是个好习惯。你叫我老秦吧，你贵姓？

刘昊然，长沙人，四十五岁，省电子仪表厂的下岗工人。

长沙人刘昊然和宝庆人秦怀天用不同的乡音夹杂着普通话交谈起来。

你不是搞工程的？

不是。

工程机械呢？

一无所知。

你有销售工程机械的门路吗？

没有。

你准备了好多的启动资金？

我是来承租工厂的，承接工程机械，销售产品，生产经营都由我搞定。但由厂方垫付资金，我是下岗工人，没有一分钱，这些他们都是知道的。

秦怀天脸上的笑容渐渐消失了，眼光也由喜悦变成失望。

他问：是谁要你来承租的？他是怎么跟你说的？

昊然说：哦，我不是来承包的，我是来租赁工厂的，有人告诉我，有这么一个改制的工厂急需人去承包或租赁。甲方提出的条件很优惠，不需要预付保证金；一年内不收租赁费；只要我签下了代工或销售合同，甲方同意为我垫付不超过一百万元的生产资金。但对我也有一个很苛刻的要求，就是一个月内工厂的机器要转起来，二千个工人要上岗。如果不能做到，惩罚我赔偿他们所有的经济损失。

损失是多少，你知道吗？

不知道，也不想知道。

你准备生产什么？

既然是工程机械厂，总不能生产与工程机械无关的东西，我今天是来看工厂的，了解还有哪些设备能用。

要得的，我领你去看工厂，一个月内复工？你做梦吧。哦嗬，你胆子真大。

就在那一天的下午五点整，董事会派来的律师带着一份合同从省城过来了。在律师的见证下，秦怀天和刘昊然代表甲、乙双方在合同上签字。

律师说：从这一刻起，合同生效。

刘昊然看到在合同的下方，有一行极小的字：保荐人郑重申明，从合同生效起，自愿承担刘昊然所有法律责任和经济损失，罗珊。

那天晚上，秦怀天翻来覆去无法入睡。他想：股东们在工厂的银行开户账号上存了三百万元，说是工厂开工后发给工人的工资，在今天的合同里承诺给刘昊然一百万。刘昊然说不借给他一百万，他也不会来承租，一个月内不复工，他是要被罚款的。信息如此不对称，董事会在搞什么鬼？

秦怀天当过十年兵，是在营级干部的职位上转业到车辆制造厂的。他读书不多，为人耿直，尤其喜欢替工人说话。因为这个原因，他在科长的位置上走了一圈，就是升不上副厂长，一直是个工作经验丰富的中层干部。

儿子上大学时，结交了省委副书记的儿子赵昂。因为儿子和赵昂的密切关系，更因为他是车辆制造厂的老干部老党员，在工厂有一呼百诺的威信，六合科技工程机械厂的董事会聘请他做六合厂的法人代表，给他送来了一本烫金的聘用证书和一份不用他承担工厂的法律责任与任何债务纠纷的承诺书。他只须协助被董事会聘用的法律顾问和承租人处理违法事项、用工和劳资纠纷的问题。他每天坐在办公室里送往迎来，管理好日常工作，每月工资一千元，是工人们的两倍。

儿子说，赵昂知道他们老两口都没有领到退休工资，所以付给他双倍工资。

说到退休工资，秦怀天不由老泪纵横。自从工厂亏损，退休职工就再也领不到退休工资和报销医疗费。后来工厂卖了，工人领了几千元买断工龄的血汗钱，与工厂再无瓜葛。退休职工的档案交给社保局，由社保局发退休工资。社保局说工厂没有给退休职工交足社会保障费，不给发退休费，也不报销医药费。据他所知，几乎所有亏损企业都没有给退休职工交足社会保障费，退休职工都没有退休工资和医疗报销。工作几十年，领的工资只够过日子，到头来连退休工资都没有。在这个城市里已发生好几起退休工人自杀的事件，死了连个说理的地方都没有，真是可怜之极。报纸上常说工人是工厂的主人，其实工厂哪句话听过工人的？这些骗人的鬼话哪像是共产党讲出来的。尤其是今天发生的事更让他疑虑重重。股东们存在工厂账户的三百万究竟是干什么的？如果给工人发工资，仅能发三个月，三个月以后，工人会再次下岗，而这些工人都是他从特困家庭挑选出来的，家里都等着他们的工资生活，他们能再次下岗吗？一想到下岗工人，他的心就疼，泪水就会不由自主地流出来，他们过得多苦啊，好多人家都无米下炊。他多么希望六合科技工程机械厂快点正常运转，给二千个家庭一条生路，想不到今天来的长沙佬刘昊然竟然是个外行。他陪他去车间，他连铣床，刨床都不认识，吊装车间所有的设备都没见过，更不知道那些设备的用途，他不相信刘昊然是个合格的承租人，为二千留岗工人担忧。

可是，刘昊然是股东们聘用的承租人，他无权拒绝。再说这小子不知天高地厚，竟敢承诺一个月内开工。当然，他也有好多事没想透，今晚值得好好理顺的一件事：如果一个月内不能复工，就要刘昊然赔偿经济损失，股东们会有什么损失呢？

在接到六合科技工程公司的正式聘用书和承租合同时，刘昊然觉得合同上所有的条例他都能接受，也没有他预料的风险。只是在见到协助他工作的法人代表、厂长秦怀天时，有点失望，年纪太老，又没文化。但人还厚道，对他这个外行像对小学生一样温和慈祥。

刘昊然在仪表厂工作时，像医生一样穿着干净的白大褂，眼睛盯着仪器上闪耀着的红绿灯，车间是那么安静，干净。后来的做车间承包人，自主经营，也都是仪器仪表设备的组装，他从未与机械行业打过交道。他想：不内行也不可怕，马上去寻找工程机械行业的专家。从小妈妈就用刘备三顾茅庐的故事教导他：那些善用人才会借力打力的人是真正的高手。多年的工作经验也告诉昊然，重金之下，必有勇夫。只要高薪聘请，必有人才归于帐下。

刘昊然广发英雄帖，四处拜访专家教授。果然皇天不负苦心人，当他去社科院寻找工程机械专家时，社科院向他推荐阮子扬教授。阮教授刚刚从德国回来，带了好几个研究生，正想找一家让研究生们从创业开始到生产一流工程产品的工厂。

刘昊然立即去拜访阮教授，教授问他有多少资金？

昊然说：厂房和设备有两个多亿，流动资金有三百万。阮教授说：够了。

雄心勃勃的科学家，碰到了实干的企业家，他们马不停蹄地去了车辆厂。

从事工程机械二十多年的阮教授和他的研究生们在考察过工厂后，接受了他的高薪聘请，愿意每月为他工作一周。阮教授说：他手里正有一个项目，如果刘昊然愿意马上付他们团队一百万做科研费，他可以立刻给他一份复工计划书，从培训工人，承包业务，到工厂利润他会跟踪指导。而且，承诺一个月内工厂复工，二千工人上岗。

刘昊然立即赶回六合厂，取出董事会承诺的一百万交给阮教授，连收条都不要。

阮教授高兴地说：刘厂长，我立刻用这一百万到德国购买国内无法采购的材料，我和的团队想试验一下用国内的设备能否制造出比德国更好的打桩机。但，万一失败了，一百万至少有五十万打了水漂，失败的代价也由你承担。

刘昊然说：阮教授，只要在这个月内开工，这损失我愿承担，您想怎么干就大胆干吧。

阮教授说，中国工程机械还没起步，没有一家专业的工厂能生产大型的工程机械。如混凝土机、挖掘机、起重机、牵引机等，连最简单的打桩机都从外国购买。我非常想亲手建造一座由我设计的大型工程机械厂，哪怕从最简单的打桩机做起。

刘昊然想：阮教授既然想干出一番事业，也就是和他签订长期合作的契机。

他说：我，刘昊然就是要做一项中国人还没有做过的事情，那就是制造中国产的最好的工程机械产品。教授，我们志同道合，不如现在签订一个长期合作的合同。你有什么条件都说出来，怎样？

阮教授说：我的条件很高哦。

昊然说：什么条件我都答应。只要我们有共同的理想；只要我们是利益的共同体，我们就能同生死、共患难。譬如，我愿用利润的一半给你作为科研经费，你也将专利的一半给我。

阮教授说：我可没有你想象的那么专业，也许一辈都出不了专利。

刘昊然说：有没有都不要紧，我的承诺决不会改变。明天我去工商局为我们的新产品注册商标，所有的产品都命名"子扬"牌，我要让你名扬世界。

阮教授说：我比你年长几岁，这也许是我能做出一番事业的最后机会。既然如此，我同意，就签字吧。

合同签好后，刘昊然到银行办理自己的账户。又劝说秦怀天用六合厂账上的二百万做担保，给自己的账户贷款一百万。他要用这一百万实现自己的第一个计划。那就是请阮教授立马从国外买回三台不同功能的打桩机，让教授的学生们对打桩机稍加改造。他对教授说，成功在于细节，没用把握的事不能孤注一掷，因为，合同一签订，我们就是利益共同体，希望你能尊重我的50%权益。

一切安排就绪。他要老秦把两千的名单给他，他必须一个个了解工人的情况。秦怀天在他耳边说：都是我一个个挑选出来的好工人，听话，技术好，你到那儿都找不到这么好的工人。昊然笑笑，他知道秦怀天是担心他不要这些工人。将工人归类后，工人们被召集到工厂，他与工人们进行了第一次对话。没有别的，就是告诉工人们，他们是合同工，复工后一切按合同办事。

一切都很顺利，十天后，材料和打桩机都买来了，工厂的设备也顺利运转，改装的打桩机和工厂生产的打桩机样品都非常漂亮。阮教授说：最后一关就是"子扬"牌打桩机能否有预想的效果，能否为六合机械工程机械厂赢得第一个订单。

几天后，在京九高铁的工地。凭着阮教授的人脉和昊然的竞标的经验，成功签订下第一个供货合同，为京九铁路提供五百台不同功能的打桩机，并获得甲方预付的一千万订金。

当他拿着合同和一千万订金去见秦怀天时，老头子简直高兴疯了，他流着泪问上苍：二千下岗工人真的有救了吗？

这一晚，秦怀天与刘昊然彻夜长谈。他说：昊然呀，我一直在想，如果你不能在一个月内开工，股东们会有什么经济损失呢？我终于悟出来了。虽然我不认识股东们，但知道他们的手段与目的。在众多的竞争者中，他们能用区区三千万买下价值两亿多的工厂，主要是承诺了省委的附加条件，那就是让二千下岗工人立马上岗。否则，省委无法平息车辆制造厂五千工人的静坐示威，股东们也无法获得购买工厂的权利，因为，工人们会拼命护厂。所以，他们要我在二千个家庭里，每个家庭选出一个工人留用上岗，以缓解省委和工人们的矛盾。但我肯定股东们视二千留用工人为未来的负担，不想养活他们，于是利用你做承租人，制造工厂复工的假象，欺骗省委、银行和工人们。待他们完成收购车辆制造厂所有的程序后，让工厂停工，让工人第二次下岗。收购工厂的办理时间大约需要三个月，三个月后，他们会用银行账户上仅有的三百万打发走留岗的工人。说到底承租和复工，是他们预先设下的骗局，他们就是一群骗子。

刘昊然听到这里，如梦方醒。原来优越的承租条件只是为了引他上钩。成功了，股东们什么都没损失。万一他失败了，省委和银行都会怀疑股东们的实力，下岗的工人会集会游行，他们会为购买车辆制造厂付出更多代价，就是有后台的全力支持也不会很顺利，碰上更强大的对手他们也许会失去购买车辆厂的机会。这一切都会以他不能按时复工为代价而要他赔偿损失，后果真的不堪设想。

想到这里，刘昊然冒出了一身冷汗。背后的董事们究竟是什么人？罗老师为什么保荐他，并自愿为他承担法律责任和经济损失？这些都是一个谜。

（九）

当杨志云和胡一苇见到潘成功先生时，一番交谈后，一苇和潘先生相见恨晚。说到生产无线电话时，一苇说：南京大雄电子厂已经生产移动电话了，也就是熊猫牌大哥大，这个企业开创了中国移动电话的新时代。据我所知是企业与摩托罗拉那合作生产的。据说爱立信和诺基亚都很看重中国市场，想在中国找代工代销的合作方。我们在没有技术的情况下可以仿效大雄电子厂啊，跟世界品牌企业合作，先代工，后生产嘛。一部大哥大卖价二万五千元，黑市价五万元，上网还要化上一千多元，是富豪身份的象征。深圳特区正是孵化富豪的地方啊。

潘老板说：你提供的信息太有价值了，不如我们一起去大雄公司，考察他们的生产规模，产品销售和资金周转状况。如果我们比大雄公司更有实力，也可以为摩托罗拉代工，商人嘛，没有永远的朋友，只有永远的利益。

三人说走就走，从深圳飞南京，几个小时后已经下榻到大雄公司的招待所。招待所里住满前来购买大哥大的商人，都在打听怎么才能买到大哥大的途径。

杨志云无论见到谁，整整领带，挺起厚厚的胸部，以老人特有的文雅而矜持的仪态，适时递出自己的名片，不到半小时，招待所的人就知道从深圳来了三个购买大哥大的大老板。

潘成功说：杨先生，我们的目的是来看他们的生产基地的，不是来买大哥大的，要打听用什么办法才能看到他们的生产基地或了解技术核心。

杨志云说：潘老板，你是去香港后才开始做生意的，不知道大陆这边的生意人有多奸诈，真是无商不奸。我如果不说是来买大哥大的，那我们是来干什么的呢？难道是来卖大哥大的？你想啊，大雄集团是央企，上市公司，注册的资金五个多亿，经营着几十个项目，生产基地多达几十个。哪儿是生产大哥大的基地会轻易让人知道吗？核心技术更是保密重点，如果我们一来就打听人家的生产情况，行吗？在部队，我可是搞情报工作的。我一眼就能看出这些来买大哥大的人中有多少是和我们一样，来打探科技情报的。

胡先生，你有办法吗？潘成功问。

可是，胡一苇一脸的悲哀和淡漠。

上飞机前，一苇给木子打了个电话，守摊位的工人告诉他，林子的婆婆去世了，木子去了林子家，可能这几天都不会来做生意。

一苇的心立刻掉进冰窖里，浑身冷得发抖。他怕自己倒下去，便紧紧靠在墙上。他不能说，更不能哭。广东的生意人有很多的忌讳，他们相信征兆和预言，如果出门时撞上 8 和 6 的数字，那就意味发达和顺利；如果撞上了 4 或死，那就会倒霉，诸事不顺。正要上飞机，家里出了这样的事，他能说吗？

一路上，一苇强忍悲痛，但无论怎样掩饰，哭丧着的脸上还是写满悲哀。

杨老头总是没话找话活跃气氛。好在只有两个多钟就下飞机了。

潘成功再一次问胡一苇时，杨志云不得不推了推胡一苇。

哦，潘总，对不起，胡一苇终于清醒过来了。

潘总，我一路上也在想这个问题，我有一个同学一毕业就到南京大雄集团工作。关于大雄集团和摩托罗拉合作的事，就是他告诉我的。我想他一定做到了核心技术的位置上，我要是能找到他，让他到深圳来，我们的事业就成功了一半。

潘成功一听，大喜过望，说：我们立马去找他，千方百计把他拉到我们的事业里，我会高薪聘用他。

一苇意味深长地笑笑。

南京又名石头城，是六朝古都。此时的南京，石榴花与牡丹花争妍斗艳，樱花与海棠绽放枝头，洋槐的花瓣像雪花一样纷纷飘落，兰花盛开，香气四溢。五月的江南，是一年中最美丽的季节，莺歌燕舞，小桥流水，处处一步一景，正是阳光明媚，赏心悦目之时。虽然他们都没来过南京，此时却没有心情去观赏江南的五月，而是叫上一辆的士向大雄集团总部飞驰而去。

中国大雄集团是一个现代化的电子企业，集团大厦里有七个国家级技术研究所。走近大厦的大门，电子智控的茶色玻璃门便悄无声息地打开了，豪华的大厅，洒满牡丹花的地毯，精美的枝型灯柱，舒适的皮沙发，高贵的氛围，使人感觉不到这是个比战场更加冷酷无情的充满商机的现代电子商业大厦。

您好，请问您找谁？前台小姐甜甜地问。

请问李工在吗？

Sorry，请问的是哪一位李工？

你们技术部的李铁夫工程师。

前台小姐抬眼看了一下墙上的挂钟，时针正指在六点上。便说：哦，对不起，技术部已下班。不过，请稍等，我打个电话问一下他在不在？

好的好的，谢谢。

一位浑身散发着浓香的小姐给他们送来一壶茶水，请他们坐在沙发上稍等。

所有大雄集团的产品都展示在玻璃柜中，大厅墙上巨大的电视屏幕，正在轮番介绍公司的发展历史和产品的功效，这些都牢牢吸引住来访者的目光。

一会儿，皮鞋的掌声很神气的响起，随即走过来一位衣冠楚楚戴着眼镜的先生，胡一苇稳重地站起来向他伸出自己的手。

老同学，胡一苇。

一苇，是您呀！李铁夫喊着，打了一苇一拳，然后像学生时代那样热情而真诚的拥抱了一苇。仔细地看过一苇的脸，说：老了。一苇，我们有多少年没见面了？

有十几年了吧，你也老了，岁月不饶人啊。

铁夫问：什么风把你刮到南京来了？怎么不事先打个招呼？

实在不想打扰您啊，我的老同学，怕你太忙啊，一苇说。

是来买大哥大吗？铁夫单刀直入。

不完全是，但和买大哥大差不多。

铁夫向潘成功和杨志云微笑着点了点头，说：买一部还可以，多买一部我就没有这么大的面子了。既然来了，我好好陪你们玩几天。

说完，铁夫转身握了握潘总和杨老头的手，说：怎么称呼二位大哥？

我叫潘成功，就叫我潘总。

我姓杨，就叫我杨先生。

潘总，杨先生，今晚我为你们几个接风，去鼓楼酒店，喝个不醉不散。李铁夫十分热情地说。

碰到了这么个好人，胡一苇就像将被淹死的人碰到了救生艇，心情好了许多。

潘总，杨部长，这位就是我常跟你们提起的李铁夫工程师。上大学的时候，我们是情敌。后来成了事业上的竞争对手。一苇调侃说。

一苇，我可不是你的竞争对手。上大学时，你是出了名的美男子，我却是插科打诨的小丑。

杨志云说：如今你们都人到中年，中年男人是不能用好看与不好看来评价的，而是用气质和风度来判断。你们都气质高雅风度翩翩，都是上流社会的精英。

这话说得大家笑了。

大学时的铁夫虽然长得不怎么样，学习成绩总是全班数一数二的好，这可是美男子胡一苇无法与他相比的。而且，无论是谁都说铁夫是个好人。就是喜欢凭衣貌取人的女生，也一样为他着迷。是什么魔法使得人人都说他好，对胡一苇来说，这一直是个谜。现在看来他虽然矮小了些，但那骨子里透出来的儒雅和富有磁性的声音，的确让人倍感亲切。

说着，走出大雄大厦，正是华灯初上，整条街上霓虹灯五彩斑斓，光芒四射。铁夫挥手邀来一辆的士，的士载着他们慢慢驰向鼓楼驰去。一路上，一排排古典建筑飞檐翘角，大红灯笼与霓虹灯相映交辉，响彻云霄的音响里播放着流行歌曲，行人穿梭往来，车水马龙，好一派繁华热闹的景象。

铁夫一路上向他们介绍南京的名菜名点，名酒名厨，尤其是南京城历久弥新的四大名菜，百年来使人闻香下马，故事多多。哪四道名菜？松鼠鳜鱼，美人肝，蛋烧卖，凤尾虾。而南京城上百个酒店属马祥兴酒店做得最好。

到了金碧辉煌的马祥兴酒店，店内十几个包厢，几十个酒桌已是人头攒动，热闹非凡。他们择席坐下，便有服务员上来点菜，四人推让了一下，铁夫点了这四道名菜和几个小菜，一道牛尾汤。稍等，身着旗袍的服务员送来头道菜松鼠鳜鱼，那鱼儿向上翘着的头还在动，嘴巴微微张开，鱼肉外翻，用刀一丝丝刻得如松鼠的毛皮，被油泼上发出吱吱的响声，活像松鼠发出的叫声。，一尝，入口香鲜酥甜，味道实属上乘。然后美人肝蛋烧卖和凤尾虾依次上来。

李铁夫又点了一瓶洋河大曲，四人开怀大饮。

酒到半酣，铁夫问一苇：一苇，你还在那个电子科技服务公司吗？

一苇说：不在了，下岗了，现在没有电子科技公司了，我是什么工作都没有了，彻底的失业者。李铁夫说：像你这样的电子工程师也失业了，看来电子行业的工人失业已成大局呀。

铁夫，你我云泥之别，你后来又到上海交通大学读了研究生。到了大雄公司又成为技术骨干，经常出国考察。而我只是一个普通的本科生，从未出过国门，下岗也是意料之中。我现在什么都不顺，所以就来找你帮忙了。我不是来买大哥大的，铁夫，我的老板潘先生是个很有抱负的人，他想生产中国自己的大哥大，所以特地到南京来找你帮忙啊。我们想知道生产大哥大要多么雄厚的经济实力，多么强大的科学技术和多大的市场，它具备多久的生命力，值不值得去拼搏。

铁夫说：电子行业的生命力在于开发新的软件。大哥大从无到有，从一公斤重到现在 0 点 5 公斤重，从充电一小时，只能用半小时，到现在充电一小时，能用五个小时，从只能覆盖方圆五公里的无线移动到三十公里的无线移动，全是无数软件的开发更替。尽管如此，它仍然被美国的摩托罗拉垄断，无人超越。我们公司只是与摩托罗拉合作。美国为什么找中国企业合作？是因为中国的市场很大呀，中国现在百万富翁大约在 300 万左右，我们公司从生产大哥大到现在还不到 30 万台，所以还有几百万个土豪在等着买大哥大。不过无论与哪一个企业合作生产大哥大，都需要非常雄厚的经济实力。传统概念的加工，是甲方提供材料由乙方加工成产品，或再由甲方卖出去，乙方基本上是挣点加工费。我们与美国的摩托罗拉合作，摩托罗拉只给我们生产大哥大的图纸，我们按图纸上所需要的电子元器件去美国的摩托罗拉公司购买，组装成产品后，再由我们销售出去。这么说吧，就是买他们的摩托罗拉手机，再卖给中国人。没有上亿的资金周转，他不可能和你合作。因为每买一批元器件不是一千两千个，而是几万个。不但没有上亿的资金不行，而且对元器件的控制很严格，一千个配套的元器件要生产一千个大哥大，每一个大哥大的密码由摩托罗拉公司设置。除此以外，企业还要有一批技术过硬的员工。现在香港台湾有不少亿万富翁，在悄悄地开发自己的电子产品。一旦开发出来，就可以垄断市场。也许一两年后，无线网络，新的软件被开发出来了，新的移动电话会占领市场，大哥大随即被淘汰。

潘总听得入迷，这时放下酒杯，无限敬佩地说：李工，照你这么说，除了有实力的国企，私企难以插足大哥大的生产。那么，你认为我们现在做什么产品好呢？

铁夫说：100前的这个时候，电话正风靡整个欧洲，家家户户争先恐后安装电话。爱立信瞅准这个机会，立马成立通讯公司，生产出大量的电话机和程控交换机，后来成为世界上最大的无线通讯公司，如今通讯技术还是远远领先世界各国。我看到，今天的中国家庭，像100年前的欧洲人一样都在想方设法安装电话机。我认为，现在是中国信息爆炸的时代，你应该像爱立信那样争分夺秒去生产大量的电话机和程控交换机。别管它是不是时髦的赚钱的大哥大，有市场就是好产品。一部电话机的成本只是大哥大的百分之一，它的启动资金不会超过五百万人民币，你有一苇这样的电子工程师，所有的元器件都可以自己生产，成本会更低。

一苇说：潘总，我认为李总的提议很对，设计生产电话机和程控交换机，我完全能胜任，对电子市场我也很有信心，我们可以边生产也调整思路，争取生产那些能尽快占领中国市场的电子产品。

铁夫接着说：潘总，有一种商人叫软件开发商，不知你听说过没有，就是请人开发软件。譬如，你有想法，但没有技术，你可以投资有技术的人，请他帮你开发软件。一旦软件开发出来，所有权是你的而不是他的，因为你已买断了他的软件。假如我有技术，也有想法，但没有资金，你认准这个想法大有前景，愿意投资，一旦成功，专利是你的，你有垄断权。

潘成功说：就是用钱买技术成果，和买专利一样。

李铁夫说：不一样，买专利花钱多，没有风险。开发软件花钱少但有风险的，一旦失败，前功尽弃。譬如，你有大哥大，找你的人打你的大哥大就直接把你找到了，想说的事儿在大哥大里说明白了，你争取到了获取信息的时间。时间就是金钱，这是你们深圳人的口号。但是大哥大很贵，没钱的人买不起。我没钱，也就没有大哥大，朋友有事想找我，就是急疯了也找不到。如果我有千里眼顺风耳就好了，无论谁找我，只呼叫一声，我就听见了。听见后怎么办？找个电话机给他回个电话，问他找我有什么事，那么我们就联系上了，所有的事情就在电话里说明白了。潘总，我就想生产有千里眼顺风耳功能，与你的大哥大一样能及时收到朋友的信息，但生产成本很低的通讯产品。我一直有这样的想法，你有兴趣吗？

有的，我想买下你的奇思妙想，潘成功说。

这不是我的发明，李铁夫笑着说。这是美国摩托罗拉公司在四十前就生产出来的寻呼机。它像打火机一样小巧，随时可以带在身上。它能听到远方的人的呼叫，能显示对方的电话号码，能告诉你谁在找你。美国人民经用了几十年了，但中国通讯设备落后，老百姓连寻呼机都没见过。不过，潘总，我正在研制的寻呼机比摩托罗拉的还要先进，我在寻呼机上装上 E-mail，它可以在全球双向寻呼，发送信息，看股票，订机票，而且有方便准确，信息量大，保密性好的特点。它不需要寻呼台，而是通过英特网。虽然中国和 WTO 谈判还没成功，但我国已经可以免费使用英特网了。我的寻呼机一面世就可以免费使用，顾客用量会大大增加。

铁夫在说，潘成功的大脑在飞快地转动，待铁夫说完，他击掌叫好，说：这个寻呼机好，我买你的专利。你说多少钱？

铁夫胸有成竹，说：五十万。你们如果生产电话机，我再附送你们一份正待面世的电话机图纸。这种电话机将拨号、通话、振铃三种功能集于一块集成电路板上。也就是话机不用与座机连在一起，座机只是给话机充电。主妇可以拿着电话在厨房边炒菜边打电话，先生们可以把电话拿到房间和情人聊天。这是韩国三星公司研发出来的新产品，如果你们担心有风险，可以先做对讲机。

潘总说：好，我喜欢对讲机。喝完酒我们就去订合同，合同公证后我签支票给你。

杨老头站起来，高兴地说：为我们大家的合作干一杯！潘总，公司成立后别忘了我也有一份功劳哟！

干杯！干杯！今天的确值得庆贺！一苇举起酒杯，大家兴奋不已，酒杯碰得"呼——"响。

干过杯后，潘总讲：我潘成功不是那种见利忘义的人，只要大家肯帮我，公司就是大家的。再问李工一句，你在研究院工资有多少呢？我付你五倍的工资，你能否到我的公司来打工呢？

潘总，我在电子研究院工作，虽然工资不是很高，但是我能出国考察，能获得世界上最新的科技情报，能得到国家给予的荣誉和很多的科研机会，除了工资，还有项目经费和奖金。这些都不是钱能买到的。今天我把自己的想法卖给你，其实也是想帮助一个民营企业在电子业崛起。还有让我的老同学，好朋友一苇能有一个发挥才华的平台。潘总，我虽然不到你的公司上班，但我会指导你们研制和生产寻呼机和移动话机的。放心吧，从今天起，我们就是合作伙伴，五十万只是合作的开始，相信以后会有更多的合作机会，你以后会给我五个亿。

三天后，深圳的上星工业区有了一家新的电子公司，它就是凯星电子公司。为了得到更多政策上的优惠，它选择在香港注册，法人代表：潘成功

（十）

对刘昊然来说，最重要的是资金。一千万的订金最多能生产五十台打桩机，还不到一个月的生产量，资金缺口太大了。

要想获得资金，唯一的途径是向银行贷款，贷款是需要担保的。而他，在这个城市里仅认识秦怀天。

股东们拨给六合厂资金三百万，已经借给他一百万。他们给秦怀天的资金审批权五万，秦怀天为了帮他，冒险用工厂二百万资金为他担保了一百万的借款。现在至少要贷款三千万才能生产出 200 台打桩机，向工地交两百台合格的打桩机后才能向甲方提出收回 40%的货款。

这三千万的资金缺口怎么办？用工厂做担保，原来的车辆厂欠了银行一个亿，新股东们的收购手续也没有办好，就算办好了，股东们未必肯用他们的工厂为他贷款做担保。

他只能找秦怀天了。

这些天，他与秦怀天彼此之间已产生了高度的信任。他们有一个共同的目标，就是无论如何都不能让工人再下岗。

当刘昊然说完贷款的事，秦怀天说：我儿子是学金融的，在省银行工作。他有一个同学在本市银行当副行长，我陪你去和他谈谈，怎样？

那太好了。

昊然带着贷款的资料和秦怀天一起去了银行。

比刘昊然年轻的邹行长热情地把他们迎进了办公室。

刘昊然递上自己的名片后，邹行长叹息道：车辆厂原来是我市的纳税大户，一个这么好的工厂竟然如山崩一样很快就垮掉了。

秦怀天长长地叹了口气，说：工人们可怜哪，尤其是那些孤儿寡母。

邹行长转脸问昊然：你把工厂买下了？

昊然说：也不是，我只是将工厂租下来继续生产，让工人们继续上班，也继续给国家纳税。

刘昊然说着把他和中铁集团订的合同递给邹行长。

看过刘昊然与中铁局签订的供货合同，邹行长说：这是一个可以给我们市带来巨大经济效益的订单，两个亿，是个什么概念，光税收就是几千万，还解决了几千个工人的岗位。不过，谁可以为你提供贷款担保？

我是法人代表，我用工厂的固定资产担保，秦怀天说。

厂权证带来没？除了厂权证，我们需要审核很多的财务资料。

秦怀天满腹狐疑地说：车辆厂那么多的固定资产，难道不值三千万？

邹行长说：工厂早就抵押给银行了。

秦怀天笑着说：行长，那是体制改革前的事。那时银行是国家的，工厂也是国家的，无论谁欠谁的，都是从碗里倒进锅里。现在不同了，你的还是你的，我的也是你的，我们企业就像下蛋的母鸡，我们下的蛋，都变成了你们的利息。

邹行长说：老爷子，你说的也对，但国家给企业和银行立下的规则不一样。

秦怀天说：现在银行也是股份公司，自负盈亏，游戏规则和企业一样。只不过银行的资本金多，家大业大，员工又少，好盈利。工厂除了烂房子破设备，要养活的人多了去了，企业自负盈亏等于下雨天背稻草，越背越重。我们今天来贷款，是来向你们借材料款的，只要几个月，产品就完工，那时连本带息还给你，你会赚得盆满钵满。

我们也想赚钱，但不能不考虑风险。万一中间出个纰漏，又没中介做担保，我们银行也承担不起这么大的责任。

刘昊然说：邹行长，我要是说这笔贷款是十分安全的，你肯定不会相信，因为我们毕竟是第一次合作。但是这笔贷款对于我们企业，对于这个城市来说是非常重要的。它关系到企业的生死存亡，关系到车辆厂几千工人的生存，关系这个城市未来的发展，因而我们是不会轻易放弃的。请您想想，在这个城市有哪一个工厂有几千万的资产？哪一家工厂能为我们做担保人？我们和你们是第一次合作；我们和中铁集团也是第一次合作。以后，我们和他们还有更多的合作。很快我们就要为他们生产液压式打桩机。希望你们能派人去调查一下我们这个合作的真实性和重大意义。了解一下中铁集团为什么会将他们所有的打桩机交给我们生产。因为我们的工程师是全世界有名的工程机械的专家，他在德国工作了几十年，设计生产了很多的工程机械，已经取得了国内很多企业的信任。很多企业都想要他这张名片。他选中了我们，是因为我们是一张白纸，他要在这张纸上画出更新更美的图画。虽然我们是这一次见面，我希望你能打破常规，去中铁集团调查，去研究考察中国工程机械的状况，当您了解到中国的工程机械企业才刚刚起步，我们将作为中国的第一个龙头企业而崛起。我们的崛起让中国的工程机械有着非凡的前景，我们彼此的合作也就是一个伟大的开始。你会知道我们今天的谈话是划时代的，从今以后，我们会有更多的合作。

邹行长一脸惊讶地看着他，显然被刘昊然的一番话打动了。他说，我们会马上派人去你们工厂和中铁局考察的。我也可以告诉你，你最好去市长那里说明你们企业的大好前景，让市长了解你们企业对于我们这个城市有着多么非凡的意义。现在，虽然说行政不能干预金融工作，比如说银行放贷呀，金融计划呀等等，但是行政的干预是很有作用的，它是惯性的。如果市长能签字为你们做担保，那么你们的贷款就成功了。我建议你带着这份合同去找市长，请他为你们的贷款签字。

听完邹行长的这番话，刘昊然非常的兴奋，他和秦淮山立马向市政府走去。

赵副市长是主持企业工作的。刘昊然见到他时，拿出与中铁局签订的合同，指着合同中关键的数据说明他们与中铁局合作的重大意义，请求赵市长支持他们的企业。

刘昊然说生产打桩机只是我们小试牛刀，将来我们还要生产世界第一流的挖掘机，起重机，牵引机和混凝土机械。我们将来的利润的 50%作用科研资金，我们的目标是做世界第一流的工程机械。在这个城市有中国最好的液压件厂，我们的工程师正在研究液压打桩机，这种机械是可以在冻土中工作，是将来开发大西北最需要的机械。

刘昊然的话给了赵市长了非常丰富的遐想。他仔细看过刘昊然签下的那份合同，激动的心情与刘昊然不相上下，尤其是刘昊然介绍工程机械未来的大好前景，他们企业将成为世界一流的工程机械厂。他仿佛感觉刘昊然就是城市未来的希望。

但是这个年代的骗子太多了，手段也是非常的高明，他碰到过不少，甚至被他们欺骗过。越是豪言壮语，越具备欺骗性。面对巨额资金千万得小心谨慎，所以他没有立即为刘昊然签署贷款的意见。他说：我必须向市长汇报，实地调查，与银行沟通，再给你答复。我明天就要去你们工厂看一看，慰问工人们。

他握住刘昊然的手，说：希望你能为我市企业的崛起做出一个了不起的榜样。市里会全力支持你的，和你一起托起我市的未来。

秦怀天说：赵市长能光临我们的工厂，这是我们的幸运。在这里，我先代表工厂 2000 多工人向您致以崇高的敬意。

刘昊然和秦怀天告别了赵市长。市长的表态使他们看到了希望，他们的企业有救了。

秦怀天说：去他妈的董事会，没有你们，我们一样的能养活工人。

刘昊然虽然兴奋，但也感到的是一场煎熬。他不知道银行和市长什么时候才会去调查和考察，什么时候能给他贷款。一切都要快，高效率才有希望渡过难关。

他给雨绮和木子去了电话，请求他们立即放下手中的工作来帮他主持财务工作。等她们一来就由她们去督促银行和市长早点去考察合同的真实性。一旦贷款被批准，还要办理冗长而复杂的手续。对于数额太大的贷款，银行会派专员跟踪的，他们也必须有专人对付银行的跟进工作。

他已经不能再耽搁了，必须马上腾出手来亲自去购买原材料，去给产品注册商标。每一项工作都要细致，成功取决于细节，没有哪一件事是可随意的，认真细致从来就是他办事风格。

他也希望林子来帮他。可是平平和安安，正在读高中，是需要他们付出关爱的时候。一双聪明漂亮的女儿是他的骄傲，也是他生活的原动力，比事业更重要。

真正的夏天来到了，天气一天比一天更热，工厂的郊外是一片接一片的桔林，风带着桔子的清香飘荡在空中。

刘昊然把行政工作交给秦怀天，把工人的福利交给黄鹂。研究生们开着机器对车间主任和业务骨干进行技术培训。食堂，澡堂子，小诊所，工人俱乐部，工厂的绿化，正在恢复中。

银行的负责人来了，看到所有的设备都在运转，仓库里堆满了新购进的材料，他们认定这是一个实体企业，可以分批贷款。

市长们冒着酷暑来了，看到工人们穿着崭新的工装，车间里安装了空调，食堂里飘出饭菜的香味。这个企业他们来过好多次，有好消息，也有坏消息。今天，他们看到的是，一个纳税大户正在废墟中崛起。

三天后贷款批了下来，刘昊然迅速地办好所有的贷款手续。接着刘雨绮从深圳回来了，木子也从省城来了。在与六合科技工程机械厂签订租赁合同的第 28 天，工厂宣布正式复工。在一阵炮竹声中，2000多工人身着崭新的工装，聚集在工厂的大会堂。

刘昊然说：工友们，我与你们每个人都签订了一份合同。合同是我们相互尊重的契约。以后一切按契约办。今天，我在食堂里备薄酒一杯，欢迎大家的到来。希望大家吃好喝好，以后更要干好。从今天起食堂每天为上班工人安排一顿免费工作餐，如果吃得不好，可以向我投诉，谢谢大家的光临。

这一切都被黄鹂拍了照片寄给赵昂。

刘昊然从不过问黄鹂从哪里来，为谁工作。在与所有工人签定合同后，也与她签订一份合同。如果她愿意，她成为工厂的管理干部，负责工厂的福利和绿化，月薪一千元。她暗暗打听，知道秦怀天也与刘昊然签订了合同，负责行政工作，月薪二千元。秦怀天选出了三十多个车间主任，两个工会主席，食堂的总管，还给哪些孤儿寡母，年迈体弱的人安排了轻松的工作，权力大着哩。

在刘昊然准备复工的同时，马洪波他们也紧锣密鼓在收购湖南车辆厂。

一切如赵昂所料，因为工厂如期开工，车辆厂静坐示威的工人已从省委大院撤了回去。购买工厂的资金一步到位，六合科技工程机械厂已挂牌生产，所有合约已经签订完毕。就等着收获利润了。

（十一）

九五年的春天来了，和所有的春天一样，它总是在人们的期盼中姗姗来迟。

邓彬把刚刚脱下的皮夹克挂进衣橱里，一阵寒风吹来，使他缩紧脖子，又从衣橱把皮夹克拿出来穿上。

外面刮起冷风，刚刚有了点暖意的天气变得寒冷起来。僵直的桃枝变软了，上面冒出了米粒大的花苞。

冻桃花了，出去要多加条围巾，母亲在里屋说。

没有暖气的屋子里仍在寒冬中，邓彬说：姆妈，今天好冷哦，你裹好被子多睡一会，说着把搭在衣架上的围巾围在脖子上。

妻子还在假睡，寒冷的天气使她不想起来。邓彬走过去，抱着她吻了吻，说：懒虫，快起来，九点钟，我们一起去市政府。

我才不去！我讨厌纸厂，讨厌这里的一切。他们都是一些自私自利的家伙！妻子怒气冲冲的回应他。

邓彬和妻子陈静都是纸厂的工人，对于纸厂的工人来说，九五年是灾难的开始。

春节前，工厂里传出要变卖的消息，工人们一开始不相信。工厂好好的，每月按时发工资，还有点奖金，从没停过工，也没向银行贷款。由于产品供不应求，纸的价格一直上涨，一个效益这么好的工厂为什么要变卖？渐渐传出体制改革的信息，市长姜爱国说，所有的中、小型企业都要私有化，国家不再养企业了。可是，纸厂在利税改革中已经自主经营，没要过国家一分钱，而且是本市的主要纳税户，它养活五百多工人，对国家是有贡献的，工人们还是不相信，认为这只是个谣传。

后来环保局的人来了，要纸厂建一个净水厂，否则关上机器停止生产。

这一着，把袁景东厂长吓傻了。几十年来，纸厂的污水排进资江，使资江的下游变得黄黄的，散发出难闻的气味，上面飘着带有污渍和臭气的泡沫。由于它建在市郊，污水流经一大片的旷野后，自然净化，大约十公里后，资江水又变得清亮清亮的。那些漂浮在水面的泡沫慢慢聚积在一起，停滞在江流的拐角处，散发腐臭的气味，等到江河泛滥，便随着江水流进洞庭湖。

听说欧洲已经不造纸了，于是纸张供不应求，推动价格不断上涨。纸厂的机器快速运转，一切都那么正常，从未有人说过造纸会污染江水，破坏了自然环境。后来，在纸厂的上游又建起几个私营的纸厂，老板们更加无所顾忌地将污水排进资江。资江的水变黑了变臭了，上面漂浮的泡沫几乎掩盖了江面。而且小型纸厂越建越多，等到私企的老板们都发了大财，环保局才发现母亲河资江被大大小小的造纸厂污染了，由一条美丽清澈的大江变成散发着臭味的害河。

第一个被政府部门下文件关停的，就是养活着几百工人的国营纸厂。

袁厂长写好一份报告，请求局里拨款建净水分厂。他拿着报告找到轻工业局的局长，局长在报告上签字：情况属实，请财委领导酌情处理。袁厂长拿着报告去了财委。财委主任看过后，在报告上写：该厂是优质企业，纳税大户，请发改委酌情处理。

九五年，体制改革也走到了风口浪尖上。不准政府再干预经济，国有企业全面私有化，外国资本可以自由出进，私有化企业可以为有欲为，生产出大量有毒食品和伪劣产品赚取暴利。劣币驱逐良币，市场成为了坏车模式，这一切被称之为有中国特色的社会主义。将中国变成具有特色的机构叫发展改革委员会。

发改委主任接过报告，对袁厂长说：等开会研究后，再通知你们。

经过半个月的调查研究，发改委决定卖掉纸厂，让私企老板去改造它。他们写了一份长达十几页的调研报告,以文件的形式下达到纸厂。

纸厂的工人们终于相信让他们下岗的日子到了。工人们立即决定去市政府抗议,一场自发保卫工厂的活动迅速酝酿发酵,工人们表现出空前的团结。机修工邓彬被工人们推选为工人代表,和另几位工人代表领导这次护厂行动。

上午九点,五百多工人来到市政府,刚到门口就被守门的卫兵拦住。邓彬领着工人们在市政府的大楼外喊口号。

我们要工作!

我们要吃饭!

我们要见市长!

请市长和我们对话。

谁卖掉我们的工厂,我们和谁拼命!

工人阶级当家作主,决不允许卖掉工厂!

震天撼地的口号声吸引无数的行人驻足观看。

喊了足足两小时,围观的群众越来越多,政府里面毫无动静。工人们开始狂躁起来,有人大喊:还等什么?冲进去和他们拼命!

于是几百工人一齐往里冲,从市政府大楼里冲出十几个持枪的军人,但是他们迟了一步,已经有上百个工人冲进大楼,其余工人将军人团团围住,形成短兵相接的局面。

冲进大楼的工人已进入了姜市长的办公室,大喊:我们要见姜市长!

有认识姜市长的工人走到市长旁边,说:姜市长,打扰一下,我们有事找你解决。

姜市长傲慢地抬头看了一眼说:这么多人,让我跟谁说?

我们有工人代表,工人们边说边将几个工人代表推到市长的办公桌前。

姜市长说:工人代表留下,其他人出去。

邓彬对工人们说：你们在市政府外面等着吧，不要和卫兵们发生冲突。

工人们纷纷离开了市长办公室。

姜市长对代表们说：你们也找个地方坐下，有什么事慢慢说。

邓彬说：我们来找您的目的很明确，就是请求您不要卖掉我们的工厂。我们几百工人都是靠工厂吃饭的！

姜市长从抽屉里拿出发改委的文件，"啪"地拍在办公桌上，厉声说：你们要吃饭，全市的老百姓要不要吃饭？看看你们纸厂把资江水污染成什么样子？看着全市人民喝了这样的水，你们于心何忍？

邓彬说：姜市长，我要说明一下，第一，流经市内的资江水不是我们厂污染的，我们厂在下游，当年建厂就考虑了排污的问题。第二，环保局考察后，说我们工厂只要建一个小型的净水厂，把污水净化后排入资江，我们仍然可以生产。我们认为建净水厂，工厂出一部分钱，市里出一部分钱，问题就解决了。

姜市长打断了他的话，说：市里要是有钱，我们会拿钱解决问题。不光是纸厂的问题，还有很多的问题。市里很穷，拿不出钱来，所以，让私企的老板来建净水厂，解决资江水被污染的问题。

邓彬说：我们厂每年除了纳税，还上交市里几百万利润，你们就不能拿出两三百万来帮我们建净水厂？

师傅们，工厂是国家的，这个问题你必须搞懂，今天还轮不到你们指手划脚，告诉市政府该怎么做！

不！邓彬斩钉截铁地说：工厂是我们全体工人的，是纸厂几代工人的心血，你们无权卖掉它！

卖掉它就是卖掉我们的饭碗，难道饿死我们，比要你们拿出几百万还要紧吗？

今天不答应我们的请求，我们几百工人不会走的！

代表们各抒己见，嚷了起来。

哦，想闹事？小李，打个电话叫市政府招待所今天做 600 份盒饭，让工人们在这里吃午饭，吃饱了再闹。市长对秘书说。

天越来越冷，北风一个劲地刮起来，还下起了毛毛细雨。站在街头的工人们挤在一起，他们让女工们站在最里面，高喊着口号，一个个成了钢铁硬汉。

姜市长把头伸向窗外，对站在街上的工人大喊：工人们，到市政府的大会堂去避避雨吧。你们的问题政府会解决的，不要把身体冻坏了。

邓斌和代表们交换了一下眼色，等市长转过身来，他走上前去，握着市长的手说：姜市长，谢谢您，我们去和工人们商量一下，把政府的意见转达给他们。

姜市长说：好，我今天忙，就不下去见他们了，希望你们能劝他们回家。

当邓斌和代表们走到工人面前，大家将他们围了起来，焦急地问：姜市长怎么说？邓斌说，看来问题还不是一下子能解决的，我们要有策略。今天天气这么冷，市长要我们到大会堂里去，我们就去大会堂里避避风，避避雨。他请我们吃饭，我们就吃得饱饱的，再和他们讲理。大家说这样好吗？工人们说：好！

于是在卫兵的带领一下，大家走进了市政府的大会堂。

这是一个能坐下几千人的大会堂，主席台上有百来个席位，红色的帷幕和大红地毯，让它显得过于张扬和庸俗。

会堂里，大吊灯亮了，工作人员早已备好滚烫的茶水。大家喝着茶，会堂里一下子安静下来。

忽然，厂办公室的吴秘书急匆匆走了进来，见到邓彬，附在他耳边说：发改委的人陪着买厂的老板来看工厂了，袁厂长说让你和部分工人立即回厂，另一部分留在这里缠住市长。

工人们无不想知道吴秘书带来了什么消息。邓斌大声说：同志们，刚刚吴秘书告诉我，发改委已经领着买厂的老板看了我们的车间和设备，厂长说要我们一部分工人立刻回去保卫工厂，另一部分留在这里，等待市长的答复，你们看谁和我一起回去？

立刻有工人骂起来：娘的，把我们留下来原来是个阴谋，我看这些当官的是想害死我们了。

代表中间有人说：邓哥，你留下吧。我们回去，我们敢打，敢把那个买厂的老板打扁。

邓彬说：不可胡来，凡事先跟袁厂长商量，如果袁厂长和我们是一条心的，我们大家就要尊重他的意见。

老袁聪明一点，就和我们一条心。他要是敢卖了我们的工厂，看我们怎么收拾他。

邓彬说：车间主任们先回去，党员和工人留下来，天气太冷，年纪大的回去，年轻的留下。

（十二）

风停了，毛毛细雨也停了下来，阴云密布的天空仍然黑沉沉的，好像要塌下来一般。

邓彬和工人们吃过了市政府送来的盒饭，盒饭的份量少但数量足够，工人们都是吃了几份才吃饱的。

时间已到下午1点，邓彬、说：师傅们，我们继续找姜市长谈判去。

余下的三百名工人跟着邓彬上了二楼的市长办公室。办公室的门紧闭着，市长的下属告诉他们：市长要我转告，下午他有重要会议，请你们先回工厂，有事明天再来。

骗子！有人狠狠踹门，恨不得一脚把门踹开。

邓彬想：如果能找到市长开会的地方，在那里大闹一场，影响会更大。

于是，他要几个平时里很机灵的年轻工人到市政府各去转转，寻找市长正在开会的地方。大约过了半小时，青年们都回来了，说每个角落都找遍了，没有谁在开会。

市长办公室的门仍然关得紧紧的，其他的办公室，因为天气寒冷，门也是紧闭着的。邓斌和工人们商量了一下，决定去市党委的办公大院，把他们的情况向市委书记汇报一下。

市党委离市政府约有1公里，大家一路走一路喊着口号。走走停停便到了市党委。市党委内静悄悄的，风只是微微地吹，连树枝也没能摇动一下。天干冷干冷的，所有办公室的门都是紧闭着的，他们没找到挂着党委书记办公室的牌子，只好一间一间的去敲开办公室的门，问党委办在哪儿？

有人告诉他们，党委书记在市政府办公，办公室就在市长办公室的隔壁。这里只有经委，计委，财委，发展改革委员会，科委，纪检办的办公室。

难道又回到市政府去？有人建议去找发改委的主任，因为卖纸厂的文件是由他们发出来的，叫他们把文件收回去。

也只能是这样了，邓彬和工友们一起朝发改委走去。敲开发改委办公室的门，一问，主任不在。他们说主任只在每天上班时来一下，听取大家的工作汇报，然后就走了，今天是不会再回来了。

那么副主任呢？第一副主任呢，不在吗？

主持日常工作的罗主任说：哦，我就是。你们是谁呀？找主任干什么？

大家七嘴八舌说，我们是市纸厂的工人，我们来找主任是要他收回卖我们工厂的文件。我们工人要吃饭，我们不同意卖厂，不准他卖厂。

罗副主任说卖企业是由市委市政府决定的，找我们主任也没用，你们去找市长吧！

市长是个骗了，躲起来了，工人们说。

办公室里有人惊叹道：哇塞！来了这么多的人，市长吓都被你们吓死了。

有人说：这不算多，去年前年有的工厂一来就是几千人，有用吗？那些工厂还不都被卖掉了。

有些工人说：你们坐在办公室里，哪里知道我们工人的苦啊，我们是靠工厂吃饭的，没有工厂我们会饿死的。

办公室沉默下来，这两年已经有很多的工厂被卖掉了，社会上大把的失业的工人，他们的生活的确很苦。

有办公员问邓彬：听说没有哪个企业能像你们纸厂一样能生产出世界级的高档纸品？

邓彬说：是的，我们厂所有的设备都是从苏联买回来的。所以，我们的纸，质量一直很好。

办公员接着说：你们厂的工人们何不集资将工厂买下，成立股份制企业，一次性解决失业问题。

办公员话音一落，就遭到罗主任的呵斥：你不要乱说话，卖企业是由政府决定的，政府卖给谁不卖给谁，我们都不能乱说。尤其是在发改委的办公室里，乱说话会引起社会矛盾的。

邓彬笑着说：发改委就是卖给我们，我们也买不起，工人能有多少钱啊？

有办公人员劝导说：师傅们，闹也没用，不是你们一个厂，是所有的国企都要私有化。天气这么冷，还是早点回去吧。

工人队伍里有人恨恨地说：我早听说姜市长是个心狠手辣的人，大家叫他姜屠夫。他不但要把所有的国有企业卖掉。还要把公用企业也卖掉。公共汽车公司效益也不错，市里正在招标卖掉它。卖掉以后我们坐公交车都由车老板定价格。他上任以来，没给老百姓留一条活路。大家都说他将来生儿子会不长屁眼。

真可恨！可是姜市长不在这里，三十里骂县官，没用。

邓哥，当官的躲起来了，偌大的城市，找是找不到的，还是回去吧。

看来，今天是解决不了任何问题，这也是邓彬预料之中的。工人们又排着队伍，喊着口号往回走，穿过市中心，走完市内最长的大街。街上的行人不多，不过还是有很多人从屋子里跑出来看热闹。邓斌心里很难过，今天的护厂运动就这么无功而返，草草收场了。

工厂那边情况也不好，发改委主任陪着私企老板来看了工厂和设备。然后他们就价格开始第一轮谈判。袁厂长说这个工厂，年产值一个亿，最少要卖 5,000 万，可是私企老板说，设备老旧，还是苏联老大哥造的，他最多出 500 万。如此大的差距又怎么谈得拢？第一次谈判以失败告终。发改委主任很不高兴，他对袁厂长说，500 万就可以卖掉了，怎么能随口就标一个 5,000 万的价，这不是成心与市政府过不去嘛。

当工人们回到工厂的时候，发改委主任和私企老板已经走了。袁厂长显得很沮丧，工厂的价格一定是 500 万了，这是市政府内定的价格，他们为什么要这样呢？有过卖厂经验的厂长告诉他：市长们从中获取了很大的利益。

晚上工人们再一次聚集在厂长办公室里，邓彬说，我觉得发改委那个同志的话也对，实在不行，工人们就集资把工厂买下来，让工厂成为股份制企业。

袁厂长连连摇头，说：不可能，这个中的奥妙，你们是不知道的。尤其是像我们这样的优质的企业，更加不会卖给工人啊。

为什么呢？邓彬问。

你是聪明人，很多事情只可寓意不可言传，为什么人们说姜爱国是屠夫？其实他比屠夫更厉害，是杀人不眨眼的魔鬼。

难道他是老板的朋友？他会有这么多的朋友吗？

岂止是朋友，他们就是一伙的。

那我们该怎么办？

袁厂长说：我想，第一步向市政府提出来，不准卖我们的工厂，我们有能力改造我们的工厂，我们可以集资修建净水厂，我们要求市政府停止与私企老板的谈判。明天不要去太多的人，只要去几个技术员和工人代表就行。工人们留在工厂，守住我们的车间，不准任何人进去。工程师去环保局拿图纸，然后去市设计院，要设计院给我们造一份预算，看修一座净水厂到底要多少资金。

邓彬说：好，我先跟工人们商量一下，告诉工人们要准备集资建造净水厂。暗示他们，这么说其实只是做给市政府看的，我估计真的要工人出钱也很难，一是没有几个人有钱，尤其是那些一家就有好几个人在纸厂工作的，一下要出好几份钱，很难得到他们的同意。但我们总要有一个理由让市政府接受我们的抗议啊，所以先走这一步棋吧。！

第二天，邓彬告诉工人们：我们的策略改变了，我们去市政府谈判的主要内容是工人们决定集资建净水厂。我们再也不会让污水流进资江，恳求市政府把纸厂留给我们工人，而不是卖给私企老板。

工人们说：既然是我们自己建净水厂，凭什么要市政府同意啊？我们干就是。

是啊，我们自己建净水厂凭什么要市政府同意呢？起初只是环保局要求我们建一个净水厂，把污水处理好。后来，怎么变成了发改委下文件要把我们纸厂卖掉呢？我们本来只是请求市政府拨款建净水厂，怎么又变成请求政府把工厂卖给我们工人，让我们自己建净水厂？事情怎么变得这么复杂了？

邓彬说：这事我也想了好久，终于弄清了建净水厂与卖厂的关系。建净水厂只是解决排污的问题，卖厂却是当前的体制改革。把国营企业变成私人企业，是政府的终极目标。排污与体制改革是两回事，他们之间没有逻辑关系。说工厂污染环境只是一个借口，如果官员们想在纸厂的关、停、并、转中捞一把油水，当然不会将工厂卖给我们工人们。也许，我们下岗势在必行。不过，与市政府的谈判还是要继续下去，不管是政府态度如何，护厂行动一定要进行到底。

第二天，邓彬刚见到姜市长，从市长的脸上看到他那坚定不移的目光和冷酷决绝的表情。

姜市长在与袁厂长握手时，问：昨天买厂的老板来了吗？谈得怎样？

袁厂长说：他只是到纸厂转转，还没有进行实质性的谈判。看过后，把他能接受的底价和我们商讨了一下。

姜市长没说什么，就说请坐请坐，今天找我又有什么事呢？

袁厂长说，工人们商量好了，大家集资建一个净水厂，等净水厂建好了再开工。

就是说要我们市政府不要卖掉纸厂。其实我们也不想啊，但是这是中央的精神，所有的中小型国企，全部要改制成私企。这个问题没有什么可商量的余地，回去告诉工人，这是中央的精神，政府也做不了决定。

中央让所有的企业都成为私营企业，那我们还是社会主义国家吗？还能号称社会主义集体经济吗？市长，请您解释一下，邓彬说。

姜市长冷笑一下声说：这是具有中国特色的社会主义。不要以为只有集体经济才是社会主义，社会主义经济是有多种经营多样化体制的。

姜市长，如果我们工人集资把工厂买下来，让纸厂成为股份制企业，行吗？

好啊，你以为我想把你们纸厂卖掉，只要你们工人能够把纸厂买下来，成为股份制企业，那也是一种新的改革方式。我们市里可以召开一个拍卖会。公开竞拍，公平竞争，谁出钱多就卖给谁，你们厂也可以派代表参加。

市长说完，看了一眼在一旁没说话的袁厂长。说：老袁，你不要走，到我的办公室去。

袁厂长点头哈腰说：好的。

姜市长仲出手来，和每一个人轻轻握了一下手，说：那我就不陪你们了，我事情太多了，很多文件等我批复。

当姜市长与邓彬握手时，说：年轻人，要好好学习，你的思想还跟不上时代的发展呀！体制改革是时代潮流，顺潮流者昌，逆潮流者亡，明白吗？

邓彬大声地反驳说：市长，我们不愿卖掉赖以生存的工厂，我们要生存要吃饭怎么就跟不上时代的发展？就是逆潮流了？这个时代难道是要把工人们饿死？你的话让我很不理解。

姜市长恼羞成怒，指着邓彬说：你，乖乖的回去，和工人商量，要么买厂，要么卖厂，没有别的选择。袁厂长跟我走。

姜市长和袁厂长离开了。

技术员都说，回去吧，就是把所有的工人叫来，在市委政府门口示威游行，也无济于事，体制改革是时代潮流，我们有什么办法呢？

还有一个技术员说：我听说，全国有很多工人，到天安门示威游行，大家都不愿意把工厂卖掉，结果好多人被抓起来了。邓彬啊，你要小心哦。

我不怕，如果是为了工人的事抓起来，有什么可怕的？

邓彬说完，环视一起来的技术员们，说：我们找个地方坐下来，好好商量一下，看看下一步怎么走？

他们在政府的大会堂里，找了个角落坐下来，大家愁眉苦脸。

有人说，工人们闹起事来很齐心，要他们集资买厂，是不会齐心的。

如今工人比农民还穷，农民还拥有一块土地，可以自耕自足。工人拥有的都是国家的，一旦工厂被卖掉，连住的地方都没有，真正是上无片瓦，下无插针之地的无产阶级。

就算集体买下厂，还要建个净水厂，否则也不准开工。要工人买厂建厂是白日梦，邓彬，趁早别做这个梦。

参与拍卖是要交保证金的，像拍卖工厂一类，保证金要好几百万。万一拍中了，交不出那么多现金，保证金就会被罚掉，风险很大的。

邓彬说：谁不知道竞拍是一个假过场，工厂卖给谁，早就由市政府内定好了。我们只是为了阻止政府卖厂，才这么说说而已。明天还是让大部分工人们来静坐示威。让那些年老的，身体不好的搬条板凳坐在厂门口，不让任何人进厂去。

有的技术员说：那我们就早点回去，去安排好明天的示威游行。

有的忧心忡忡说：这鬼天气总是阴雨绵绵，寒风阵阵，雨水时节难有晴天，愿意去的人不会太多。

有人说：明天是我岳母的大寿，我请假。

有人说：我本来就感冒，老婆一直不让我出门，明天我也请假。

邓彬知道，这些技术员是碍于袁厂长的面子而来的，他们是看不起自己这个小小的维修工的，在他们面前他是没有号召力的。于是他问：另几位明天来吗？

等袁厂长回来再说吧，看看姜市长是怎么指示的。

我们回去吧，邓斌说。看着护厂行动又一次败在市长的权威里，他不由十分沮丧。

(十三)

邓彬骑着自行车，穿过大街小巷，来到市郊的工业区。几乎所有的工厂都停工了，平时这里的马路车水马龙，烟囱林立，冒着黑龙一般的烟雾。现在马路上别说车，连个人影都没有，烟囱像废物一样耸立在那里，也听不到机器的轰鸣。

资江旁的私营的造纸厂被勒令停厂了。邓斌和这些企业老板很熟，以往他经常为那些纸厂维修机器。维修机器是他第二份收入，现在再也没有需要请维修师傅的造纸厂了。他继续骑车前行，来到了陈立的酒店，他把单车停在酒店门口，想到酒店去喝杯酒，整理好思绪。几年前，陈静的姐姐陈立，在纸厂的旁边，开了一个酒店，那时买纸的采购员多，全国各地都有，采购员们等待着工厂发货，便住在厂门口的酒店里。如今纸厂几乎关闭，酒店的生意也一落千丈。陈立说，如果工厂再不生产，只好将酒店改成麻将馆，让工人们来打麻将，他们抽水子。

几杯下肚，邓彬被冻得几乎麻木的身体暖和起来。他想，还是等袁厂长回来再来想工厂的事。当他回到家里，陈静说：姆妈今天腿痛得走不了啦，我弟开车送她去了医院。医生检查后说，姆妈得的是股骨头坏死，需要做钛金棒置换手术。我问了一下，这个手术，最少要花三万元。

邓彬一听懵了，看到母亲已睡着了，不便再问。心里如一团乱麻，这团麻等到袁厂长回来，才能理出一个头绪。

那天晚上，邓彬冒着刺骨的寒风，在袁厂长家门口等了很久。很晚，袁厂长才回来。他赶紧迎上去，袁厂长说，我们就站在这里长话短说。姜市长今天找我谈话，要调我到轻工业局去担任办公室主任，明天我就去局里报到，由汪副厂长代理我的工作。明天上午我把工作移交给汪厂长，就离开纸厂，工厂的事我再也不能和你们一路走到底了。我也不知道事情会变化得这么快。不去嘛，这对我来讲是一次很好的机会，去了又觉得对不起你和工人们。我也知道，这是老姜的调虎离山计。但对我来说，的确是命运的巨大改变，我奋斗了这么多年，就是等着这一天啊！

邓彬像被子弹打中，只觉眼前一阵发黑。他好久才让自己平静下来，轻轻地对袁厂长说：祝贺你。然后转身离去。

那天夜里，邓彬翻来覆去睡不着觉。他有点心灰意冷，工厂虽然不是他一个人的，但他的姆妈和他们夫妻，都是这个工厂的工人，他们靠工厂生活了几十年，一下子失去它，当然万分不舍。但是，要留住它，比登天还难。

造纸的工艺非常简单，机器的这头，将麦秸竹子和其他材料塞去。机器的那头，出来的就是雪白的薄薄的纸张。有的纸被木芯卷起来，成为卷筒纸。有的切好用木板夹好，成为夹板纸。少数工人是操作工，大多数工人们是搬运工。把原料搬进机器，把产成品搬进仓库，再从仓库搬上车运走。厂里，除了维修工，司机，开叉车的，谁都没有技术。离开工厂，除了干力气活，什么都不会做。几十年来一直住在市郊，生活在从宿舍到工厂的狭窄的空间。除了工厂的事，其余的事情孤陋寡闻，非常无知。到了市里面，纸厂的工人有的像白痴一样，连路都不认识，更难找到工作。工人们从来没想到有一天会离开工厂，失去工作。

第二天，那些憨厚些的工人又聚集在工厂的大门口。对他们来说，除了在工厂转悠，又能上哪里去？

今天好像与往日不一样，平日那些爱出头露面的技术员，中层干部，维修工都在厂门口集合，今天不知去了哪里？厂门口的工人们像失去领头羊的羊群，一脸茫然，找不到方向。

今天我们该干什么呢？该发工资了吧。袁景东怎么还不来？邓彬去哪儿了？工人们像生产队的社员等待队长派工。

忽然有人向他们匆匆走来，工人们的目光立刻被吸引过去。

袁厂长调走了，好多人为他送行，来人说。

工人们的表情很淡漠，袁厂长好像根本没存在过。所有的厂长在纸厂干两三年就上调了，和工人一毛钱的关系都没有。纸厂就像干部孵化器，无论谁来当厂长，都没有置换过设备，没有扩建过厂房，没有给工人盖过宿舍，更没有想到排污对环境的破坏，没有过技术改革，却统统升到局里去了。工人的数量也翻了两倍，多到可以在上班时睡觉，中层干部也翻了一番，办公室增多了，只是挂的牌子不同，干的都是一样事，就是喝茶读报聊天。幸亏纸价水涨船高，工厂能发得出工资，能按时交税，每年能缴上万利润。良好的经济效益掩盖了管理上的所有瑕疵，纸厂一直是市里的优秀企业。

纸价上涨的原因也很简单，不是纸的质量越来越好，而是造纸污染环境，又破坏森林，欧美国家早就不造纸了，全世界都到中国买纸，纸价能不买上去吗？

在这特殊的时期。那些平时关心工厂动态，比较有想法有能力的工人成了工人领袖，他们更能接受工人们的想法。工人们的想法很直白，就是去市政府闹事，要是不答应他们的要求。就坐在办公室的门窗桌椅办公用品上，让市长和其他官员无法办公。反正我没饭吃，让你也没饭吃，直到市长答应他们的要求。邓彬咨询过法律，这么做犯的是流氓滋事罪。

邓斌虽然不再是小青年，可是他有一颗年轻人的火热的心。他喜欢打抱不平，喜欢帮助弱者，他看不得老实人受欺负，看不得工人挨饿受气。尤其是工人们推选他做工人代表，他觉得那是工人们的信任，不管是犯的是什么法，他都愿领着工人去市政府请愿，要市政府要给纸厂一个说法。他说：如果市政府说纸厂污染环境，我们可以纠错，说改制是潮流，容我们慢慢集资买下工厂，让工厂成为股份制企业。总之，请求政府不要卖厂，工厂没有了，工人们怎么活？假如市政府不同意，我们就到省委去请愿。

工人们早就群情激昂，要他领着工人们去市政府请愿。邓彬说：话说在前头，这次只准请愿，不准闹事，谁闹事谁坐牢！我们只能站在市政府外面喊口号，只要求和市长对话。我不想当局以流氓滋事罪拘捕任何一个工人。就算这次不成功，还有省委，还有中央。

工人们说：邓哥，放心吧。你要是被抓了，我们为你养家小，送牢饭。

请愿的队伍刚到市政府门前，就被门卫拦住了，不让进去。邓彬领着工人在政府外面喊口号：我们要工作！我们要吃饭！我们要见市长！一群持枪的卫兵走过来，说：这里是市长们办公地方，不准喊口号，要喊就到那边的马路去喊，边说边用枪托打人。这一下工人们被激怒了，有人问：为什么不准工人请愿？旧社会都让工人请愿，新社会反倒不准了？有人大喊：冲啊，我们找市长说理去！

话音一落，几百个工人冲进了市政府的办公室，瞬间所有的办公室都被请愿的工人挤得满满的。有人坐在办公桌上，大家极度气愤，难免有人在不经意间碰倒椅子，打碎杯子，将办公用品撞飞，办公室一时不堪入目。工人们也有理由，他们说：我们只是请愿喊口号，卫兵们凭什么打人？办公室的工作人员劝大家离开，工人们说，卫兵们不道歉，我们不离开，双方对峙着。突然，几十个警察拿着电棒和手铐冲了进来，大吼：工作人员出去！边吼边用电棒凶狠狠地打在工人的头上，有的工人被按倒在地，往死里打。邓彬愤怒地喊：不准打人，打人犯法！警察走过来，把他按倒在地，铐了起来。也有不怕事的冲过来，和警察打起来，工人毕竟赤手空拳，一个个被警察打得头破血流。大多数工人被突发的情况吓坏了，和办公室的工作人员一起撤退。邓彬和十来个年轻的工人，被反铐着推推搡搡带进了公安局。

下午，预审科对每个人进行审问，最后，以流氓滋事罪将邓彬拘禁，送进了市看守所。

过了几天陈静来看他，告诉他，第二天姜市长就到工厂来慰问工人们，说卫兵打人是不对的，工人们受苦了。请大家不要再闹了，也不要再去省里告状了，市政府会把这一切处理好的。再闹和邓彬一个样关起来，不闹，邓彬关几天，市里会根据他的认罪态度释放他。

邓彬说：这是姜爱国害怕工人去省里闹事，所以威逼利诱他们。他贪了那么多的钱，难道不害怕省纪检会查他？工人们应该一鼓作气到省里去告他。

陈静说：市长放话，工人再闹事，要重判你，难道你想坐牢？再说，你被抓以后就没人敢领头了。

他们放弃了到省里去请愿？

陈静点点头。邓彬气得一句也说不出来，只用拳头使劲砸自己。

过几天，陈静又来看他，说工厂成立了善后小组，她被选进小组里。善后小组主要是清算工人的工龄和清理工厂的财产，待这些事情做完，一旦卖厂，工人们就可以尽快离开工厂。

邓彬说：陈静呀，一旦工厂被卖了，我们怎么办？

陈静说：我也不知道，我们从小是纸厂的子弟，长大后又进纸厂当工人，我父母，我姐我弟，弟媳妇都是纸厂的工人。工人们说，下岗就是解放四十年，一脚踢回解放前。

邓彬叹息：唉，当工人在什么时代都苦，你一定要小兵努力学习，考上大学，做个有学问的人，不再做工人。

陈静说：小兵可淘气啦，根本不爱学习。像我们这样的家庭想望子成龙，做梦吧？

邓彬沉默了，的确，他很少在儿子身上花费心思。

陈静又抱怨说：我一直劝你不要组织什么请愿活动，你偏不听，现在你坐牢了，有谁管你了？大家都在盘算，一旦工厂被卖，工龄被买断，他们就拿钱去做生意啊，买个摩的载人或开出租车什么，谁也没想过帮你养家小送牢饭。

邓斌说，我知道，我不是为这个去请愿的。

那你是为了什么？

我是想挑战姜爱国，推翻他所说的：我是个逆潮流而动的失败者。

我不知道姜爱国是谁，也不知你和他的恩怨，你不顾一切，连坐牢都不怕，只想着领工人去市里闹事，让我很恨你。令我欣慰的是：工厂已经为每个工人买了15年的社保和医保，我们不会像以其他企业的下岗工人那样，下岗了还要自己交社保和医保。工人们认为，这也是我们请愿得来的结果。姜市长说，纸厂工人最后没有去省里闹事，是听话的工人，所以，市政府要奖励我们。汪厂长趁市长高兴，就提出为工人买十五年社保和医保，市长居然同意了。大家都说会闹的孩子有糖吃。我们闹一闹，待遇比其他单位下岗的工人好多了。我们的父母不要再愁退休费和医疗费，我们也不要为退休后的生活发愁了。现在，吃亏的只有你，还关在牢里。你要是还关心我，爱护这个家，就向市长认个错，早点回家。

邓彬一脸决绝，但还是说：老婆，为了你，我什么都肯做。告诉我，姆妈好些了吗？

去住院了，她不肯做手术，说七十岁了，还换什么骨头。

打那以后，陈静再也没来过。

（十四）

自从关进看守所，邓斌就在资江边的水泥预制场劳动改造。看守是他朋友的儿子，对他不错，总问他需要什么。朋友也来看过他，也问他需要什么？邓彬说我什么都不需要，我就是想见到陈静和儿子。

春天过去了，初夏是一年里最好的天气。阳光明媚，天气清爽，青山碧水像丰腴的少妇风情万种婷婷玉立。桔花和槐花开了，浓郁的香气随风飘过来。资江的水碧绿清澈，微微泛着波浪。不远处的渡口，汽轮载着渡江的人在江面上开过去，开过来，自由而轻松，令人向往。很多时候，梅子雨淅淅沥沥下个不停。下雨天不用工作，犯人可以读书写信。看守所里伙食差得要命，好歹能吃饱。不过，日子总是过得很慢。

邓彬对陈静的疯狂思念，成了他生活的主要内容，他时而狂躁，时而微笑。总托人要陈静来看看他，可望穿秋水，陈静就是不来。

陈静讨厌去看守所。

陈静年轻时，是个非常活泼漂亮的女孩。不过现在她还是蛮年轻，刚满三十岁，却像二十出头，依然活泼漂亮。尤其是那一双乌黑明亮的眼睛，总是脉脉含情的似笑非笑。乌黑的头发梳成各种花式，一串串银铃般的笑声走到哪里飞到哪里，衣服穿到她身上，总是那么的漂亮时尚。自从进纸厂，她一直在办公室里打字。过去的打字员是用老式的发出滴滴答答声音的铅字打字机。只有心灵手巧的人，才能把字打得又快又准，陈静就是这样的女人。所以，她一直是厂长办公室的文员。打字，收发文件，接待厂长的客人，见到谁都是笑脸相迎，露出一口洁白整齐的牙齿。后来，工厂停工了，但文件好像更多了。袁厂长有事没事，都在找她。问她文件放在哪里，问她谁谁找他是在何时何地。现在袁厂长调到轻工业局办公室当了袁主任，陈静的心里竟有些牵挂他。陈静想，何不去找袁主任，看他能不能想法让邓彬早点从看守所出来。

那天，风和日丽，她脱下厚重的棉衣，穿上薄薄的粉红色毛线套装，胸脯丰满得像要将毛衣绽破。细长的脖子上随意地系着一条和她皮肤一样雪白的围巾，头发盘得高高的，一对珍珠耳环在她尖尖脸蛋边调皮地摇晃着。

她来到轻工业局袁主任办公室，办公室里只有袁主任一个人。见到她，袁主任口水都流出来了，那一双色眯眯的眼睛将她从头到脚看了个遍。

陈静看懂了袁景东的饿狼一样的眼神。

袁主任，帮我想个办法把邓彬放出来吧，她撒着娇说。

袁主任说：想丈夫啦？他不过是个王八蛋。何不想想你自己，工厂就要卖了，可怜的你就要失业了。难道你想做个失业工人？

我当然不想啦，可是有什么办法呢？我爸妈又没有当官。也没有当官的朋友。

怎么没有？我虽然官不大，只要你愿意。我把你调到我的办公室，做我的打字员还是没问题的，你愿意吗？

真的啊？太愿意了。

那你就打一份报告，我给你批'同意'两个字，回去要汪厂长签个字。政工组会把你的档案交给我，你就调到轻工业局袁主任办公室了。

好啊，我现在就打。

办公室里很安静，只有陈静打字的声音。袁主任关上门，把手伸进陈静的衣服里，轻轻地抚弄着那对柔软的富有弹性的乳房，用嘴吻着她雪白的脖颈。说：我的心肝，你太美了。

袁景东对陈静早就垂涎三尺，在纸厂这一亩三分地上，一切由他做主。但是，兔子不吃窝边草的古训让他有贼心没贼胆。再说，邓彬也不是吃素的。

此刻，陈静成了自己眼前的猎物，再不动手就耽误了大好时光，况且搞下属是官场的潜规则，袁景东早就谙于此道。袁景东虽然不是局里一把手，局长以为他与市长是哥们，对他特别好，甚至巴结着他。

袁景东说：你这么美的女人，怎么嫁给了邓彬那混蛋，真是太可惜了。

陈静说：邓彬也很帅，人长得高大又聪明，就是运气不好。

宝贝，嫁给我吧，我爱你爱得快疯了，你看不出来吗？

你有老婆，我敢相信你吗？

可以离婚呀，我和她没感情。十年没上过十次床，到现在连个孩子都没有。

真的？陈静不由同情起袁主任来，男人没有性生活多么可怜。

所以，每次看到你，我就想入非非，常常想和你这样的女人睡一觉，哪怕摸一把，死了都值得。刚刚摸过你，还不满足，想抱抱你。

陈静看了一眼办公室的门，窗帘虽然是拉下来的，可门随时会被人推开。

袁主任随手将门反锁，说：这就不怕人推开了，越是危险的地方越安全。

来吧，宝贝。袁主任将陈静紧紧抱住，吻着她鲜嫩的唇，把舌头伸进她玫瑰花一样的嘴里。

我想现在就想要你，袁景东说。

（十五）

三个月过去了，盛夏已经到来，邓彬和犯人们每天在烈日下浇注着水泥模块。几个执枪的看守，站在预制场的四角上，这让他的心里非常压抑。他从来就没觉得自己犯罪，在人们的眼中，他却是个罪犯，失去了自由，被人拿枪监守着。他觉得很憋屈很自卑。

晨风轻轻吹拂，太阳在资江的东边升起，江水把太阳的影子拉得长长的，像火龙一般金光闪闪。码头上，已经站满了等待过江的人，这是资江上的一道风景。邓彬有事没事将目光投向那里，看着渡轮在江上来来去去。

关押在看守所的犯人，触犯的都是治安条例，最多被管教半年。看守们还是讲点情面，为了避开酷暑，让犯人们趁早开工，中午多休息，自己也不必在正午的毒日头下站岗。

陈静已经有几个月没有来过，邓斌几乎疯了。忽然看守大喊：郑彬出来，有人看你。郑彬兴奋地向接待室奔去。

来看他的是纸厂的哥们，他们结伴而来。

他们说：纸厂已经卖掉了，工人的工龄已经买断。他们为下岗费是全市最高的而骄傲，这都是多亏去市政府请愿，姜市长向工人妥协了。工人宿舍也买给工人了，房子破旧，收费也少，只交了几百块钱，产权就属于工人们了。

他们说，工厂被卖后，年轻一点的到外面打工，女人到别人家做保姆，有技术的也被私企请去做师傅，做过销售的去帮别人卖货，也有人靠老婆卖淫过日子。只是工人们一般不会做买卖，他们担心做买卖亏本，想问邓彬出去想干什么，还能不能带领他们找一条活路？

邓彬有点失望，说：陈静想干什么就干什么。陈静呢，陈静怎么没来？我姆妈还好吗，放暑假了吧？小兵怎么没来？

哥们很惊讶，说：邓哥，你难道不知道？陈静已经调到轻工业局去了，还在局里分了住房，小兵也带走了，就你姆妈一个人在家。她的腿脚痛，还不能走动，我们来看你就没告诉她了。

邓彬一脸的惊愕。

那么，你有多少工龄费也不知道？有人问。

邓彬摇摇头。

这个陈静，我们为了感谢你才把她选进善后工作组，每月可以领到工资，而且一直留守下去。谁知她手眼通天，不声不响的调进了轻工业局，飞上了高枝。

这时，看守提醒探狱的工人们，会客的时间到了。工友们纷纷向他告别，有人安慰他说，陈静没来，可能是工作太忙了，刚到一个新的单位，人事关系都要从头开始，没有时间来看他，很正常哦。他们叫他别担心。

工友们走了，邓彬沉默了。离开纸厂，这么重要的事情，陈静从没跟他商量过，而且，直到现在都没来看过他。

她已经去了轻工业局，成了体制内的人。

这里面好像有什么不对劲，邓彬琢磨着：难道我就像林冲误闯白虎堂，遭到了袁景东的暗算？一想到袁景东与姜爱国的关系，邓彬不由出了一身冷汗：如果真是这样，我该怎么对付眼前的败局？

袁景东知道，因为他是市长亲自提拔上来的，局长们认定他是市长的人，局里面的一、二把手不得不高看他一眼。但他曾在邓彬面前说过姜爱国的坏话，要是邓彬哪天说出去，不管姜爱国相不相信，总归是个阴影，他一直为这事提心吊胆。自从把陈静搞到手，就想着要霸占她。要想这个目的实现，也必须让邓彬长期关在监狱里。

在他眼里邓彬只是一个工人，看到下岗工人，个个如丧家之犬，无处安身。他知道邓彬就是有通天的手眼，也难在今天的体制里获得翻身的机会。如今，机会只给他这样有背景有学历的人。邓彬一个寡妇的儿子，一个在棚屋区长大的从小就失学的工人，比起一般工人只聪明一点点而已。要是让他坐几年牢，出来后一定像只剪去翅膀的鸟。

流氓滋事罪可大可小，可蹲半年看守所，也可判二年苦狱。袁景东以局党委的名义给检察院发了一份公函，要检察院重新调查邓彬的流氓滋事案件，从重判处。

就在那天下午，看守告诉邓彬，他被判了一年半的徒刑，要他收拾好行李，立刻转到监狱去。

到了监狱，邓斌的心情坏到了极点。他默默地干着犯人又苦又累的活，心里翻江倒海的，总想着陈静以往是那么的依赖他，什么事情都要他做主，他一直为她的生活担忧。总认为陈静是因为太过抱怨他，才不到监狱来看他。原来她调进了轻工业局，做了干部。他虽然不敢肯定是袁景东把她调走的，但除了他又会是谁？如果是袁景东，他又想干什么呢？

日子在煎熬中度过，好不容易，到了被判刑的最后一个月。这天，看守叫他：邓彬出来，有人来看你了。他走进接待室，看到了陈立。陈立的脸绷得紧紧的，那表情让邓斌感觉事情很严重。两人坐下来，陈立从包里拿出了两张纸，说：这是陈静叫我带来的离婚协议书，她说她就不来了，要你在协议上签字。

为什么？总得给我个理由！

她不再爱你了，这两年来她觉得很累，没有半点幸福感。

她爱上别人了吧，是袁景东？

你怎么认为都不重要了，重要的是，她觉得没有爱情的婚姻对她而言是一种折磨。

小兵呢？他怎么说

小兵还小，他喜欢妈妈、外婆，陈静就带着他搬到市里去住了。再说，你还关在里面，奶奶又病了，小兵交给谁？小兵一直在那么差的职工子弟学校念书，为了小兵的未来，陈静必须把他转学到市重点学校去。小兵的事，等你出去还可以商量。

陈立，我月内就回家了，难道她就不能等这几天吗？

邓彬，陈静明天就到党校的大专班去读书，如果没有学历，她转公务员就没有希望。所以，她希望你能为她和孩子着想，今天就把离婚办了。

邓彬拿过离婚协议，看都没看一眼，就在最后的空白处签上自己的名字，然后将泪水哽在喉咙里扭头离开。

邓彬知道：他的幸福的家庭不复存在，被袁景东彻底摧毁了。

（十六）

几天后，邓彬释放回家。家里冷冷清清，只有姆妈躺在床上痛苦的哼哼。

姆妈，我回来了。刚刚说完这一句，邓斌的眼泪就像开了闸的水库哗哗地流了出来。

邓妈慢慢地挣扎着坐起来，为儿子擦干眼泪，说：我儿子回来了，回来了，我好欢喜。别哭了。

姆妈，陈静来过吗？

陈静告诉我，你们已经离婚了。这一次她走得很决绝，家里的好东西我都让她拿走，只留下你的买断工龄费。她要我转告你，以后你走你的阳关道，她过她的独木桥，你们井水不犯河水。

邓彬的心痛到极点。他不明白，女人变起心来竟是这么快这么绝情？以前的陈静多么温柔，多么粘人，怎么一下子就变得这么心硬，居然说出井水不犯河水的话来。她也不想一想，现在的我，下岗了，失业了，成了劳改释放犯；老婆没了，孩子也走了，老妈竟病成这样。所有的苦难，都冲着我来，我该怎么办？

你饿了吗？邓妈问，我去做饭给你吃。

我不饿，我想一个人呆一下。他走进卧室，躺在床上。这张床他和陈静一起睡了 10 年，每天晚上，都紧紧地搂着陈静，爱她，亲她，他们从没有分开过。因为他进了监狱，陈静就决绝地离开了这个家。

他曾经深爱过的女人；温柔地牵过他的手的女人；他百依百顺从来就舍不得责备半句的女人；他的总是快乐着的打扮得花枝招展的女人；他死都不愿分开的女人；连一句解释都没有就离开了他，让他的心被痛苦撕裂着。他把脸埋进枕头里，让泪水尽情地流。

哭过后，邓斌的心平静下来。一切都已成了过去，那种生死相依化蝶相随的誓言已成为神话或诳语，也就不要再为她哭泣。要时刻记住的是：她背叛了自己，抛弃了自己，这是男人的耻辱！男人不能为一个伤害自己的女人而痛不欲生；男人最重要的是为自己赢得一个美好的世界。

在中国，能活着就是信仰。按理邓彬的生存不是问题，他是一个机修工，会修理很多的机器。以前只会修与纸厂机器原理一样的机器，到了监狱后学会修更多的机器。但光修机器还不行，要想赚更多的钱，就要会造那些能让人赚钱的机器。他在监狱听人说，原来的车辆厂被卖给了六合工程机械厂，如今的六合工程机械厂每年能赚几个亿。他们生产什么机械呢？怎么会赚这么多的钱？他很想去看看。

邓彬到处兜兜转转，看到陈立的酒店已变成了麻将馆，那些找不到工作的工人整日沉湎在麻将馆里，每天只吃一碗粉条充饥。有几个临街居住的工人开起了小饭店，卖点早餐，勉强度日。偶尔碰到过去的好友，都开玩笑说：赚不到钱，天天在家帮老婆洗内裤。那些跑电动车拉客的男人满脸风霜衣服褴褛的站在路边等待着生意。做保姆的女人们只能弃家不顾常年住在主人家里，丈夫们成了单身汉，整天苦着一张脸。只有几个司机混得还好，用下岗费买辆二手车跑运输。

工人的表情都是那么麻木，昔日的亲密和热情再也找不到了。

邓彬想起个表舅叫秦怀天，原来是车辆厂的政工科长，现在应该退休了。听说车辆厂没给退休职工交社保，退休工人领不到退休金，经常在市政府静坐示威。不知他的表舅过得怎样，他想去看看老人，也顺便打听一下六合集团生产什么产品。

走到车辆厂的附近，只见商铺鳞次栉比，比起他们那个工业区热闹多了。他向人打听秦怀天，哦嗬，他还是个家喻户晓的人物。

秦怀天在厂办公室接待了这个多年不见的表侄。得知表姐正卧病在床，邓彬从监狱回来失业在家。尤其听邓彬说起自己因为带领工人去市政府请愿而被关进监狱，一年半后回来，妻离子散，不由十分心疼。

他问：表侄啊，昊天工程机械厂效益好，工资高，你愿不愿在这里找一份工作？

邓彬说：怎能不愿意，正求之不得哩。

我跟这里的厂长、车间主任都是朋友，我要是推荐一个人，倒也没问题，只是你技术怎样？我也不能把一个负担推给他们呀。

表叔啊，我是机械维修工，也可以说我是一个熟练的钳工。

这里车、钳、刨、铣都需要，只要技术好就行。我现在领你去见车间主任，他的吊装车间正需要钳工。

到了吊装车间，主任说：让他先留下吧，要是能干，就在这里干。不能干的话，就算是你老人家推荐的，我也不敢要。

就这样，邓彬被招进吊装车间，成了昊天工程机械厂的工人。

秦怀天自小丧母，是姑母抚养大的，和表姐亲如姐妹。自他成家以后，便渐渐与表姐姐来往少了，这几年忙忙碌碌的，几乎将表姐忘了。听表侄说起表姐重病，家境惨然，而自己发达了，决定立即去探望表姐。感恩之心，一直在流淌秦怀天的血液中。

刘昊然为他配备了小车，他今天以车代步到了表姐家。表姐一脸病容，十分消瘦，用拐杖支撑着走路，每走一步都痛苦地呻吟着。

秦怀天十分自责，想到不久前她儿子关在监狱，儿媳又离婚了，她孤独的受着病魔的蹂躏。秦怀天难过得几乎掉下泪来。

趁表姐为他烧水沏茶，他扫视侄子房间，只见满屋是书。他问：这么多的书都是彬儿买的吗？表姐说，彬儿喜欢读书，买回来的书一本一本仔细读，还写了很多笔记。除了读书，还是全国的散打冠军。儿子特别喜欢主持正义，因此朋友很多，很有他们秦家的风范。

秦怀天不由喜欢起这个侄儿来。他说：姐，彬儿能文能武，总有一天会出人头地。彬儿说你病了，又不肯去医院，我今天来是送你去医院的。

邓妈说：吃药只是止痛，医生说要做手术才会好。我问了，这个手术要三万元，不能由医保报销。我年已七十，就不花这个钱了。现在家里也只有彬儿的下岗费，这两万元我要给他留下，万一做个小买卖也好有点本钱。

秦淮天说：姐，钱的事，你就不用担心。别说三万，三十万我都有。只要你肯去医院手术，我就是谢天谢地了。姐，不管你愿不愿意，今天就是抬也要把你抬上手术台。

说完和司机两人不由分说把邓妈抬进了小车。到了医院，医生说，这是个很成熟的手术，不用担心。今天下午就可以做。拆了线就可以下地行走，以后就像正常人一样，再也没有痛苦。

秦怀天说：姐，我要的就是这个效果。

等到表姐做了手术，秦怀天才无比轻松地回到工厂。现在他想的是，怎样向刘昊然推荐邓彬，刘昊然已经在长沙选好了昊天工程机械厂的厂址，工厂马上要搬到长沙去。这里将作为分厂继续生产。阮教授推荐了两个学生做正副厂长，刘昊然一直为常务厂长发愁，常务厂长虽然管的是后勤工作，但是要善于处理那些芝麻绿豆的日常事务，脾气要好，头脑要灵活，作风要接地风，年龄不能太大，最好是本地人。邓斌就是这样的人，完全可以推荐。

他把自己的想法讲给昊然听，直言不讳的说是他侄子，还坐过牢。不过，管理上不懂的地方他可以教侄子。

昊然说：你去把他叫过来，我和他聊聊。

秦怀天大喜过望，立刻让邓彬过来。

昊然和邓彬从下午两点一直聊到傍晚六点。原来邓彬满腹治国治厂策略，又是全国散打冠军，能文能武，高大英俊，一下了获得了刘昊然的好感，愿意试用他。

邓彬被刘昊然任命为代理常务厂长，昊然也成了他心中的英雄。

（十七）

　　刘昊然，在承租的第一年赚了五千万。按照他和阮教授签订合同，利润的 50%作为研发新产品的经费，研发成果由他们共同享有。10%是工人和后勤人员的奖金，10%是教授和他的团队的奖金，10%作为工厂的储备资金，剩下的他和阮教授各分 10%。工人们在那一年除了工资还有二千元奖金，比原来的车辆厂收入还高。工厂周边的商场饭店也越来越多，生意兴旺，原本死气沉沉的家属区有了无限的生机。市政府，税务财政都把他当财神供着，市长和银行行长成了他的好朋友。

　　第二年，六合科技工程机械厂已注册成立六合科技工程机械集团。刘昊然也注册了自己的公司：昊天工程机械公司。他这么做是为了工厂五十多项科技成果，注册专利后转让出去，是一大笔收入。

　　他仍然没与董事会的人见过面，因而也不想去了解他们，见招拆招，他已游刃有余。他对秦怀天说：托您的福，我从自己和您的名字中各取一个字，注册了昊天工程机械公司，愿意以公司的名义继续租赁六合科技工程机械集团的车间和设备，

　　不再用六合科技工程机械集团的品牌，而以昊天公司的名牌与六合科技工程机械集团签订租赁合同，让董事长赵昂感到很恼火。他愿意继续免费承租给刘昊然，但必须是六合科技工程机械集团的下属企业。他派律师来与昊然谈判。

　　刘昊然说：去年董事会虽然免了他的租赁费，但他为六合工程机械厂履行了工厂按时开工，二千工人按时上岗的承诺；平息了车辆厂与政府的对峙，让股东们顺利买下车辆厂；并以六合厂名义给政府纳税一年，为六合科技工程机械集团做出了超过千万元价值的贡献。但

董事会为他们做了什么？股东们都不认识，这是有诚意的合作吗？而今他已注册了自己的公司和多项专利，已成为同行的龙头企业，必须以昊天公司的名义与六合科技工程机械集团的董事会签约。他的公司愿意加盟六合科技工程机械集团，但他和阮教授必须成为董事会成员。

这个提议除了赵昂同意，其他股东一致反对，最后以租赁费一千万元成交，继续让刘昊然租赁一年。

这一年，对于工程机械行业是一个千载难逢的机遇。国家从这一年起，规划连续十年大力发展交通事业。高速公路，立交桥，高铁以及援外建设等项目都争相购买他们的液压打桩机，挖掘机械，起重机械，混凝土机械。工厂从北欧、德国、日本引进更多的设备和零部件，业务做大了，刘昊然成了满世界飞的企业家。作为中国的企业家最重要的不是善于经营，而是读懂中国的政治，刘昊然深谙此道。

这一年，交给董事会一千万租金，增加了上千万税金和对地方的赞助，又赚了一个亿。

今年是第三年，他刚刚与六合集团签订了承租合同，在上一年的基础上增加五百万租赁费。他签订的供货合同更多，二千多工人加班加点的拼命干活。

赵昂等人也不择手段策划六合科技工程机械集团的上市。他们已经聘好了中介机构和券商，正在和评估公司、会计师事务所、律师事务所洽谈。他要组成一个最强的智囊团，以对应可能出现的纰漏。最要命的是股东们挂在集团名下的分公司都要造假报表欺上瞒下，除了马洪波，其他人连报表都看不懂，还懂造假吗？保不准会在某件事上捅一个大漏子，让上市计划前功尽弃。

他安插在刘昊然身边的商务间谍黄鹂每天都向他汇报承租人的活动。他虽然对刘昊然和教授团队的动态了如指掌，但核心内涵却是谜团，让他无法猜测。刘昊然有着非凡的对外沟通能力，凡他参与的招商会无不中标，而且利润非常的可观。阮教授和他的团队掌握着全世界工程机械的最新信息，是世界级最有创新能力的机械工程师。一旦六合集团向证监会递交上市申请，没有昊天公司的业绩，六合集团差不多是个空壳公司。消息传出，即使上市，股价也会下跌。

赵昂为此召开了股东大会，参加会议的还有券商和中介机构。券商说：上市没问题，但上市公司的健康发展还是靠公司盈利。现在，股民只知昊天公司是六合集团的分公司，而不知其内幕。我们要利用这一假象，赶紧上市。等股民们知道昊天公司不过是租你们的场地，所赚利润与你们一毛钱关系都没有，股票已从一级市场走到二级市场，已经圈走了股民上十个亿。你们才几个股东，每人一亿，够你们化几辈子。所以，要快，时间就是金钱。

中介机构说：请我们做中介机构，你们算是找对人了，我会按我们的套路包装六合集团，包装你们名下的分公司，让你们放心大胆地上市。呵呵，你们花三千万买个工厂，已收回二千五百万租金。再花三五千万上市，赚大了。要是让昊天公司成为你的分公司，再分给他们一些股份，对你们来说每个股东要少得几千万。要是让他们进董事会，对你们来说，麻烦会更多一些。所以，只能借用他们的报表来包装你们。

股东们说：照你的意思，不让他们进董事会，我们会分得多一些。以后没有他们，我们也可以通过他们的业绩运作，不断推高股价。

中介说：是的，我们只能用欺诈手段取得上市资格。一旦上市公司的身份成为事实，证监会也只会听之任之。我国现行证券市场此类违法违规的多了去了，就算中小股民有损失，也是他们风险交易所至。如果一味追究上市公司的责任，只会造成股价暴跌，中、小股民的损失更大。一般发生这种情况，证监会尽量隐瞒真像。

赵昂咨询券商，券商说：证监会也许会罚款，不过最多是罚上市获利的5%。如是让昊天公司进董事会，技术入股会占去股份的40%。

股东大会最终决定采纳中介机构和券商的策略，用虚假的套路上市。

这一年的九月，林子迎来了一生中最美好的时光。女儿平平被北京外国语学院录取，安安考上海财经大学。几年的陪伴与操劳终于在皆大欢喜中圆满结束。除了为女儿们辛苦付出，她还亲自将马宁和木子的儿子胡政送进英国的贵族学校，又在那里陪伴了半年，自己也走趁机学了半年英语。林子是个聪明的女人，总在不断提高自己的内涵，她花钱去高档会所，与贵妇们聊天喝茶逛商场酒吧。贵妇中有不少人是房地产商的太太，她趁机了解房地产行情和时尚的装修风格，给自家、木子和雨绮买了全市最高档的住宅。在风景如画的岳麓山下，又为各家买了豪华别墅。林子不愿和木子、雨绮住得太近，又不愿离得太远。她虽然费了一番心思，却因价格合算，把交给会所的会费赚了回来。现在的林子珠光宝气，进出的都是豪华场所。她就是要让那些曾经背叛昊然的人知道，她的昊然永远是一杆不倒的旗帜。

　　李森夫妻转卖了金苹果的摊位，去了深圳胡一苇的公司。林子让父母住进她的豪宅，为他们请了佣人，让父母幸福地度过晚年。她来到了昊然的身边，现在是他们夫妻团聚的时候了。

（十八）

这年冬天，刘昊然打开电视，看到一则新闻：本市六合科技工程机械集团上市了。他看到一张熟悉的脸，正欣喜若狂地敲响股票上市的钟声。原来，六合科技工程机械集团副董事长是马洪波。他辛辛苦苦注册的《中国子扬工程机械》的名牌，正在轮番播放，被演义成六合集团新开发的产品，他赶紧打开电脑在股市里搜索六合科技工程机械集团的资料，原来他们剽窃了昊天公司的财务报表。用虚假报表欺骗证监会和股民，让六合科技集团上市了。

他立即要雨绮来他的办公室，当雨绮看到六合集团在股市里公布的财务报表时，顿时懵了。

昊然说：雨绮，我们的订单，产品的价格，原材料的购进，真实的利润，将要申请专利的产品，平时都由你一手保管，工厂的财务报表，除了上交工商、税务、银行，还让哪些人见到过，它们怎么就被六合集团那剽窃了，这是怎么回事啊？

雨绮说：我也不知道，以前的财务室只有我和木子进进出出，现在只有我和林子。财务所有单据我都锁在保险柜中，保密工作从未疏忽过，怎么会发生这样的事情？

黄鹂常来财务室吗？

她是来得最多的，有时是报销单据，有时也来闲坐。不过，我不管去哪，只要是离开财务室都会把门锁上。

秦怀天呢？

除了报销单据，从不进财务室。

还有谁没事就来财务室闲坐？

没有了。

看到雨绮自责的泪在眼里打转，昊然不再问，对雨绮说：别太自责，如果没有你来帮我，我的麻烦会更多。好好休息一会，去吧。

昊然关起门来仔细推敲。财务报表可以通过对工商、税务、银行的工作人员行贿获取，这样的事也经常发生。但是工厂的名牌产品，有些还是刚刚注册的专利产品也被拍成照片在电视里播出，这就是内奸干的，而且不会是普通的工人。

昊然觉得最大的可能是黄鹂，他曾要黄鹂陪客人参观品牌机械的展室，她有机会拍下六合科技工程机械集团需要的图片。他决定先不惊动黄鹂，在冰山没有完全融化前，她还有利用的价值。

接下来，他打电话给阮子扬教授，说：我要到证监会和法院去起诉六合集团的董事们，让证监会在股市摘下六合科技工程机械集团的牌子。我，刘昊然一定要将马洪波之流关进监狱。

阮子扬在电话里说：昊然，听我一句劝。赵昂是赵副省长的儿子，虽然赵副省长离休了，在省人大还是占了一个席位，其他股东都是权贵们的儿子，他们心狠手辣，有什么事情会干不出来呢？我的想法是害人之心不可有，防人之心不可无。你决定起诉他们，就要步步为营，处处小心。我相信这些公子哥儿不愿坐牢，你先发些虚假信息，放出要起诉他们的信息，并说有关法律一定会让他们坐牢。直到六合集团愿意给我们40%的股份，并向我们道歉，我们才提出庭外和解及其他条件。我们只是要回我们应得的４０％，这样对大家都好，是一场双赢。

昊然说：我会考虑。

放下电话，他想决不饶恕马洪波，一定要把他送进监狱。

他请了全省最好的程远律师，程律师认为六合集团以欺诈手段发行股票，欺骗股民且数额巨大，犯罪事实清楚，证据确凿，根据刑法条文：第一百六十条在招股说明书、认股书、公司、企业债券募集办法中隐瞒重要事实或者编造重大虚假内容，发行股票或者公司、企业债券，数额巨大、后果严重或者有其他严重情节的，处五年以下有期徒刑或者拘役，并处或者单处非法募集资金金额百分之一以上百分之五以下罚金。

单位犯前款罪的，对单位判处罚金，并对其直接负责的主管人员和其他直接责任人员，处五年以下有期徒刑或者拘役。

昊天工程机械厂可以将六合集团的董事长赵昂，副董事长马洪波，法人代表秦怀天告上法庭，

刘昊然大吃一惊：为什么要将秦怀天告上法庭？

程律师说：他是法人代表，单位犯罪，在未定罪前，法人代表和董事会都是犯罪嫌疑人。你读下一条律法：

本罪的主体主要是单位。自然人在一定条件下也能成为犯罪的主体。

接着，程律师又解释说：秦怀天虽然是六合集团的法人代表，一直没有参与过集团的管理，没有股权也没有参加上市诈骗的活动。根据《公司法》他可能被判处两年以下的失职罪。根据他的年龄，判刑后会缓期执行。但对于他这样的老军人，可能也难以接受。

雨绮读过起诉书后，立即叫停。经过几年的历练，见过风雨的雨绮，思考问题不再单纯幼稚。她对昊然说：欧、美国家的法律认定用虚假资料欺骗股民是最大的犯罪，有过这种犯罪记录的人不再被政府信任。外国公民也一样，将被禁止入境，包括他的家人。若马洪波被判有罪，英国政府不会让马宁继续在剑桥上学。那么，她宁愿放过马洪波，也要让儿子上剑桥。她知道马洪波此时正在英国看儿子，马宁是马洪波的命根子，也是她的命根子。

下午，昊然接到罗珊老师从长沙打来的电话。罗老师在电话里说：我一直把你当成儿子，希望你能放过洪波。当初是我向六合集团极力推荐你，，为的是给你一个施展才华的平台。如果你失败了，我愿承担你给六合集团造成的所有损失。现在我希望你把马洪波当成弟弟，原谅他所做的一切。我已走到人生的最后几年，实在不愿看到儿子坐牢，如果你硬要将马洪波关进监狱，就先杀死我。

昊然被罗珊老师的话震撼了，什么也没说，放下了电话。

他真的遇到了前所未有的难题：将六合集团告上法庭，他将伤害雨绮和他心爱的外甥马宁，尊敬的罗珊老师和有知遇之恩的秦怀天。阮子扬也希望庭外和解。可是，他又怎么能放弃这个的让马洪波爬下的机会？

林子说：昊然啊，释怀吧，这么多的恩恩怨怨，这么错综复杂的恩怨情仇，你就放下来，给大家一个双赢的机会吧。

对刘昊然来说，罗珊老师成就了他的后半生。老师的恩情可比母亲，令他不能不放下对马洪波的怨恨。

昊然要程律师过来将诉状改为庭外调解，他愿意加盟六合集团，但要得到他们的道歉和 40% 的股权。

昊然故意和程律师在工厂办公室讨论诉状，程律师说赵昂的犯罪事实已无可辩驳。昊然说已下定决心将六合集团告上法庭，让董事们伏法。他想：在一旁偷听的黄鹂一定会将诉状的内容告诉给董事们，他要的就是这个效果，他不相信那些公子哥不怕坐牢。

果然，黄鹂立刻打电话告诉了赵昂。

赵昂听完电话就召开董事会，副董事长马洪波去英国看儿子了，由妻子杜丽琼列席参加。这几个狂徒竟说：趁诉状还没送到法庭，立即暗杀刘昊然，一次性解决掉所有的麻烦。总之，谁拦住我们发财的路，就叫谁去死。

（十九）

早上，邓彬乘公交车去工厂，在这个破破烂烂的小城里，公交车是最廉价也是最破旧的交通工具。在拥挤的车上，邓彬见到一张似曾相识的脸。快要到站时，邓彬终于记起，这是十年前，他在北京参加全国散打比赛时，和他经过三次较量的河南选手尚平。这时，尚平也认出了他。

都是武林高手，邓彬又惊又喜，忙问他现住何处，晚上好相约畅饮。

尚平说，他是来昊天工程机械厂买挖掘机的，支支吾吾不讲住在何处。

邓彬说：巧哇，我就是昊天厂的工人，不如让我陪你去销售处，让处长让利卖给你。

尚平说：我已看过几家生产的挖掘机了，都没有看中。我再来看看这家的挖掘机。

邓彬说：也是的，货比三家不吃亏嘛。

说着车到站了，邓彬和尚平一起下了车，尚平说他要先去吃个早餐，边走边说，朝邓彬摆摆手就算告别了。

毕竟交往不多，邓彬只当彼此还不够熟稔，也就作罢。

一会，突然刮起西北风，气温骤降。邓彬想起尚平穿得单薄，不由担心他会受寒。既然来买挖掘机，想必还会来工厂，于是多了一份心眼。

果然，他看见尚平与一女工交谈，正想与尚平打个招呼，尚平竟飞快地离去了。

邓彬走过去问那女工：刚才这人你认识？女工说：不认识，他问我刘总住哪？我指给他看了。正好刘总从家里走出来，我告诉他那就是刘总，他便追着出去了。

邓彬急忙追了出去，他看见刘昊然和律师站在厂门口。原来，刘总只是客气地送一送律师。尚平站在离刘总不远的路边，好像在等人，眼睛时不时地盯着刘昊天看。邓彬心里好生奇怪，尚平没有问自己刘总是谁，却向别人打听，而且不像来买挖掘机的，无所事事，漫无目的在寒风里游荡。

一辆的士开过来，律师坐上的士走了。邓彬有意不让尚平看到自己，他见刘总转身走进办公室，掩上了门，也看到尚平在刘总走后向马路的另一头走去。

这天，北风越刮越紧，在寒冷的天气里，办公室所有的门窗都关得紧紧的。邓彬回到自己的办公室，办公室里火炉烧得很旺，屋里非常暖和。邓彬烤着火炉，越想越不对劲，看着天色已黑，办公室的人都走了。他敲开刘昊然的门，轻声说：刘总，有人跟踪你。

刘昊然很惊愕，说：我怎么没感觉。

邓彬说：那是因你不认识他，而我是认识他的。他是全国散打亚军，名叫尚平，河南人，我听朋友说他是职业杀手。

邓彬把今天发生的事讲了一遍，说：尚平假如是冲你来的，今晚就是他最好好的机会。今天是周五，从明天起是元旦三天小长假。住厂的人今晚都回家了，连警察都想去好好玩几天。所以，今晚你无论如何不要睡在家里。等天黑了，你和嫂子住出去，我带几个人住进你屋里，没事更好，有事也不怕，我打得过他。

刘昊然想了想说：好，但不能出人命哦。

刘总，要几个谨慎点的保安在厂里加紧巡逻。俗话说，月黑杀人夜，风高放火天。凡事都不能大意，小心驶得万年船。

刘昊然笑了，说：看你说得好像真的一样。

夜幕降临，寒风刺骨。尚平看到邓彬搭上了回家的公交车。他也回到市内，到商店买了件灰色的棉衣，然后去了一家录像厅看了几场连续剧，直看到录像厅的老板催着他离开。这时，时间已到午夜一点。路上没有一个行人，天空忽然飘起了大朵的雪花，尚平心中大喜：天助我也，到了天亮，厚厚的冰雪会掩盖我罪恶的足迹。清晨，乘上去省城的火车，十万元就到手了。

门口停放着一辆自行车，那是下午他花二十元钱从小偷手里买来的。他跨上自行车顶风冒雪，半小时后到达昊天工程机械厂。

工厂的围墙，早就破破烂烂的，用断墙残垣来形容也不过分。他把自行车倒在地上，从围墙缺口往里观察。偌大的工厂里，只有几个车间灯火通明，雪花在窗外的灯光中飞舞，闪耀白色的光芒，十分美丽。办公区一片漆黑，几个保安在巡逻，等他们走过后，尚平从围墙缺口跨进来，在黑暗中半蹲着行走。

昨天傍晚，他盯着李林子和刘昊然出出进进，早就摸清了昊然的住处。是那紧挨办公室的一室一厅，离车间远远的。

他轻轻撬开外面的门，里面的卧室刚扭动把手，门就打开了。男人正鼾声如雷，黑暗中，他朦朦胧胧地看到男人用被子裹着的高大的身躯。尚平毫不犹豫一把掀开被子，猛的一刀刺进去，这时他看到正发出鼾声的录音机。他愣住了，立即转身用刀挡住胸口，摆出自卫的架势。这时他的脚已被绳子套住，无法动弹。灯亮了，邓彬一脚踢掉他手中的刀，两个大汉一起扑上来，将他死死地按住，邓彬用早已准备好的粗大的绳索，像捆粽子一样把他紧紧地捆起来。尚平知道这一次他无论如何也逃不掉了。

屋子里所有的灯都亮了，刘昊然走了进来，看到尚平像鬼魅一样惨白的脸。

说吧，是谁要你来的？给了你多少钱？刘昊然问。

邓彬说：你这是犯罪未遂，不会判得很重，如果你能说实话，他们给你多少钱，刘总也会给你多少钱。

刘总，我老婆得了癌症，我又下岗了，有人到我家来找到我，要我在今晚杀死你。他给了我五万，说事后再给我五万。他只给了我一张照片，照片后面写着你的名字。那人是谁，我不认识，其他我都不知道。

刘昊然的心中顿时燃起一团难以扑灭的熊熊大火，原来，生死就在这一瞬间。他强压怒火从屋里走出去，外面的雪越下越大，狂风卷起雪花在他眼前漫舞。在这之前，邓彬的话令他难以置信，现在他还是不相信六合集团的董事们会派歹徒来暗杀他。林子来到他的身边，紧紧抱住他，泪流满面，浑身瑟瑟发抖。他也紧紧抱住林子，这才相信这一切真的发生了！

（二十）

皓月当空，胡一苇独自站在阳台上，大海的风吹乱他的头发，他顺手将头发掠向耳后。

深圳分关内和关外。星桥工业区离关内很远，但关内那一大片璀璨的灯光吸引着他的目光，如在夜航的飞机上看到的灯火辉煌的城市。

生活就像一场梦，节奏很快而且令胡一苇手忙脚乱接应不暇。

昨天潘总开车将他和杨志云从环宇酒店接到星桥工业区，他住进了四楼的三居室。工业区建在一大片沙砾上，沙砾上长满芦苇和一簇簇的芭蕉，一棵棵高大的榕树几乎独木成林，带着热带风情的椰子随风摇曳，一切都是那么陌生。

今天上午，他独自在深圳书城选择电子专业的书籍，潘总开车来找他，问他会不会开车？他说已有多年驾龄。于是潘总为他买了　辆日本丰田越野车，钥匙他已拿到，上牌要等到三天后。下午他和潘总一起来到工业区的车间。就在那一瞬，他的脑子灵光闪现，竟在车间里规划出生产设备的模式和购置。并将无线话机和集成电子话机的利弊做了一番比较，要潘总趁寻呼机尚在研究之际尽快上电话机的生产线。未来的规划被他娓娓道来，把潘总说得热血沸腾，明天就要和他一起去购置设备。其实胡一苇从未见过电话机的生产设备，也没有从事过电话机的生产销售。话已出口，却不知明日该如何应对。

他心事重重，绞尽脑汁在记忆中寻找当年无线电二厂的那些技术骨干们。那时他是省电子局技术科的副科长，经常被派到昭陵无线电二厂去检查工作，知道他们一个个都是无所不能的电子专家。因此，他派他们到无锡去考察电话机的生产。可是，还没等到电话机生产的那一天，工厂就被变卖了，专家们和他一样成了下岗职工。

九三年的深圳，正朝着世界级的大都市发展。在太平洋边沿那一块狭长的土地上，豪华时尚的高楼大厦如雨后笋般冒出地面，宽敞美丽鲜花盛开的深南大道从罗湖火车站伸延到保安区的南头，60公里长的大道两边高高耸立着世界各地驻深圳的名牌公司。为迎接 I997 年香港回归，彰显国威，举全国之力建起这座与东方明珠香港毗邻的现代化的大都市。

此刻，月色朦胧，他凭栏远眺，只见广圳公路像一条飘带由远而近，从南头飘过来，向广州飘去，公路边稀疏的建起了新型工业区和原住居民的豪华的住宅，大片土地晾在公路与大海之间。和灯红酒绿纸醉金迷的关内相比，关外显得清冷偏僻，却也不乏生机，无处不在修路架桥建房，好像是一个看不到边的基建工地。

公路两边，无数的支干道伸向各个村落。那一条条无名的公路穿过一个个无名的村落，很快就消失在不远处的海边。

胡一苇毫无睡意，他想：我认识的电子工程师中，总有几个会投奔到深圳的，他记得工厂未倒毙时，就有几个已离职去了深圳。

他转身回到房间里，在凌乱的行李中找出他的工作日记，一页页仔细翻看。

张家琪，西安交大毕业，89年调进深圳华强电子公司。

就是他了，明天就去找他！胡一苇兴奋地合上日记本，今晚可以好好睡一觉了。

第二天一早，胡一苇就去华强电子公司找张家琪，工厂有人告诉他，张家琪已离开了华强电子公司，在华强北租了一间写字楼，开了一家叫"未来"的电子科技咨询公司。

胡一苇来到"未来"电子科技咨询公司，竟找到了他想要找的无线电二厂的所有技术员。他兴奋地请大家喝早茶，然后把他来的目的告诉他原来的下属们。

张家琪说他们公司是为厂家设计集成电子线路板的，但他一直想创建一个自己的工厂，他有很多引领未来市场的科技产品，他的团队里有电子设备专家，优秀的企业管理专家，市场分析师，资金运作分析师和针对新产品开发的调研员，就是缺乏资金。如果潘老板资金雄厚，他愿率领他的团队参加，不过无论与哪一个出资人合作，他们都要40%的股份。

胡一苇答应说，他愿意去和潘总商量，如果潘总愿意，他们再商量下一步的合作。

40%的股份？潘总很惊讶。他们有多少人？是不是能承包下我们的生产，市场和产品开发？

可以的，胡一苇说。他们一共有20个人，是一个团队。

你先休息吧，让我想一想，潘成功说。

胡一苇离开后，潘成功立即给李铁夫打电话？他问：李工，我有必要和这样的团队合作吗？工厂真的需要这么多的技术人员吗？

李铁夫说：只要他们真的有这样的能力，合作很有必要。现在是得人材者得天下，企业的生命力就在于科技创新。他接着说：我马上飞过来，和你一起与他们谈判。我要看看他们，究竟有多么强大的科技实力。潘总说，那就太谢谢你啦。

第二天，就在工业区的办公室里，潘成功，李铁夫，胡一苇和张家琪团队会晤。首先大家谈的是电子科技在未来的发展。后来又讨论起在这个信息爆炸的时代，当今中国人急需的电子产品是什么？能够占据市场的又是什么？最后就谈钱，男人在一起怎么会不谈钱这玩意。对他们而言，最赚钱的电子产品又是什么呢？他们得出一致的结论：电话机和程控交换机。

关于电话机，他们又多了很多的话题，从大城市到中小城市，人们都有安装电话的需求。但因文化层次的不同，经济条件的差异，对电话机的要求各有不同，有钱的人，他需要功能最全的产品，没钱的需要的是便宜简单的产品。

张家琪说：我们已设计了很多款不同功能的电话，还为办公用的电话设计了录音和复印功能。如果我们团队不再为工厂设计集成电子线路，一大半工厂都会停工。我们设计的很多产品都卖到欧洲去了，工厂老板发了大财。所以我想要自己做产品，而且要做世界一流的电子集成线路板的电话，让自己的企业成为全世界电子科技的龙头企业，生产的产品最少要垄断世界50年。

接着讨论的就是他们的专业了，集成电子的密码和破译，芯片的制造和刻录机的神奇。对网络未来的思考和对那些急待攻克的电子技术的见解。其实市场没有什么秘密，谁先占有科学技术，谁就率先占领市场。

都是科技精英，潘成功是个精明的商人，他说只要张家琪愿意加盟凯星科技公司，他愿意给他们40%的股份。不过，他们必须坐镇凯星公司的办公室和走进车间指导工作。从明天起，进驻星桥工业区，开始和大家一起筹备工厂的建设。李铁夫也要辞职来凯星公司任副总，这样才能平衡双方的实力。关于公司的股份分配，潘成功占50%，是公司的董事长。李铁夫占5.5%，公司董事，胡一苇占4%，公司董事。杨志云只能占0.5%的股份。张家琪团队占40%选出三名董事。协议规定无论占有多少股份，股东每年都要拿出50%的利润开发新产品和奖励有贡献的员工，无论谁离开都不准带走公司专利和新产品。为了让公司做大做强，公司十年内决不上市。至于什么时候上市，由董事会决定。对于董事会的权力也做出了制衡，董事长和张家琪各占三票，李铁夫和胡一苇各两票。

（二十一）

生产电话机，张家琪团队已是行家，设备安装好，产品就成功上市了。

李铁夫设计的集成电路板一体话机，张家琪设计的带复印机的办公电话机都是市场的拳头产品，第一年就为公司赚了几千万。

第二年，李铁夫研制的安装 Email 的寻呼机，不需寻呼台，通过英特网就可以呼叫全世界，这种寻呼机火爆到占领了大半欧美市场。到了 95 年中国人腰间别着的寻呼机有一半是凯星牌的，连续三年销量全国第一，为公司赚了几个亿，但公司的扩展也迅猛异常。十来家分厂已扩建到了海外，员工也达到十几万。

98 年，摩托罗拉，爱立爱，诺基亚，三星手机渐渐进入中国市场，寻呼机慢慢退出市场，电话机和对讲机也大减产，员工还是那么多，分厂的开支又难以控制，公司资金链断裂，濒临破产。

经过五年合作，难免有意见不同之处。无论何时何地，当公司濒临破产，总会出现大动荡、大分裂、大组合的新局面。

张家琪团队趁机提出分手，一切都一分为二，他们的团队不再生通讯设备，而是生产电视机和半导体显示屏幕。自古以来，中国人总是合久必分，分久必合，分手也是意料中的事。

97 年香港回归中国大陆，潘成功正将妻小移民加拿大，他自己也成了加拿大华人。几年来，凯星公司为他赚了上亿的资金，他也见好就收，将股份卖给了李铁夫和胡一苇，自己拿着钱到加拿大享福去了。

李铁夫和胡一苇整合世界资源，国内生产销售凯星牌电子板一体电话机，将程控交换机和数字交换机做到海外。凯星程控机成了世界品牌，公司仍然拥有十几万员工和海内外十几个工厂，占据着世界各类通讯设备的半壁江山。

杨志云原来与潘总的协议是，他给潘总介绍一个有本科学历的电子工程师，潘总给他三千元中介费。谁知后来潘总竟给了他 0.5% 的股份，这笔收入远远超过他的离休工资。公司任命他为人事处长，他送来的上千名熟练的插件工，都是他几年前从锰矿带来的矿工子弟。

杨志云真的很开心，到深圳一直想发个小财，谁知有心栽花花不发，无心插柳柳成荫。两年来住在管吃管喝的工厂里，他把钱给了两个女儿。女儿们有了钱移民去了澳洲，几年都没回来看他。他日渐老去，于是辞职去周游世界。

木子潜心学习法律，终于成了著名律师，有了自己的律师事务所。现在，她是凯星公司和昊天公司的法律顾问。

(二十二)

马洪波在英国陪儿子马宁度圣诞节假期，假期很长，从平安夜到过完新年的元旦节。他和儿子一起去阿尔卑斯山滑雪，去法国的卢浮宫和凡尔赛宫欣赏世界顶级的艺术品。去罗马看意大利歌剧。父子俩一起度过了他一生中最幸福的日子。告别时，马宁说：爸爸，我希望你爱妈妈，爱舅舅。在金钱与人的生命之间，你能够选择的是生命而不是金钱。英国的老师教育学生说，世界上最宝贵的是生命，无论是人还是动物。中国人在现阶段还达不到这种境界，但我希望你能从爱我妈妈和我的舅舅舅妈开始，爱你恨的和恨你的人。这样世界才会使你觉得可爱，你才能尽情享受生活。因为你是我爸爸，我爱你如我的生命，我希望你幸福。爸爸，我永远爱你。

马洪波感动得几乎流下眼泪，带着儿子的爱，依依不舍飞回长沙。

因为没有带杜丽琼去，让杜丽琼很生气，故意不搭理他。马洪波拿出从法国买的 LV 包，意大利买的施瓦洛世奇的水晶项链和瑞士买的欧米茄的女士金表送给她，她的绷紧的脸才松弛下来。马洪波趁机拥抱她，要和她做爱。这可是杜丽琼最喜欢的，平时没有一夜放过马洪波。这一下杜丽琼脸上荡起了笑容，双手猴急得搂住马洪波往床上滚，把那张满是皱纹和雀斑的脸贴了过来。马洪波闭上眼睛，他在臆想中拥抱着刘雨绮，把她当成雨绮享受性爱的快感。

完事后，杜丽琼得到了极大的满足。她讨好地对马洪波说：告诉你一件大事，就在你走的第二天赵昂召开了董事会，我代你参加了。赵昂告诉大家，刘昊然狗胆包天，竟敢以诈骗股市罪把我们告上法庭。赵昂查了刑法，他会处五年徒刑，我们也会判处两年徒刑，而且会被罚款几千万。他的话惹怒了我们，大家咆哮起来：我们要是坐牢了，父母的面子往哪里搁？也许连官运都会被这一纸诉状断送。不如趁状纸还没送到法院就把他弄死。于是我们签了一个"生死状"，化十万元买凶暗杀刘昊然，再给中介二万元，每个人都签名按指模，有祸同当嘛。原计划在元旦小长假前夜杀死刘昊然，谁知到今天凶手还没有找中介要钱。我估计要么是凶手拿着五万定金跑路了，要么是凶手出事了。可是，赵昂的眼线黄鹂打电话说自从元旦小长假就没见过刘昊然，是死是活不知道呢。赵昂急疯了，想跑路。

马洪波听后心惊肉跳，大骂：一群蠢货，以为杀人像杀鸡一样容易吗？何况是去杀刘昊然那么高智商的人。你们的权力呢？为什么不用权力杀死他？刘昊然一介平民，平民最怕的就是权力，所以他们用血汗钱去换取权力。你杜丽琼那么多钱，怎么来的？权力换来的。你们就是不知道在关键时候用钱去收买法官、审判长，证监会。不知道真正的赢，是让刘昊然赔了夫人又折兵，而不是杀了他。

赵昂认为杀了刘昊然更省事，司法随便抓个人顶罪就完了。你要没事，再陪我睡一次。

不啦，马洪波吻了一下杜丽琼，说：宝贝，我得马上去公司。

马洪波去英国，在那里受到了一次人权的教育。他领悟到真正的贵族精神和绅士风度其实就是对平民的尊重。而这群蠢猪却拿权力来满足他们杀人的欲望。他一边开车一边想：赵昂看外表文质彬彬温文尔雅，做事却心狠手辣，还敢买凶杀人。董事们经营的公司早就破产了。如果不是杜丽琼买通银行职员，窃取了昊天股份公司的资料，六合集团能上市吗？我们能分到几个亿的股金吗？事情被发现了，人家告我们也是情理之中的事，就不能安抚一下，让一些利给昊天股份公司？，

想到杜丽琼那张满不在乎的脸，马洪波忽然有了罪恶感。

马洪波回到家，正好罗珊老师在家，他把六合集团董事会买凶暗杀刘昊然的事说给妈妈听，想缓释内心的恐惧。

罗珊老师脸都吓白了，说：洪波，这不对号呀，那天我打电话给昊然，要他把你当成弟弟，原谅你的过错，不要去法庭告你们。第二天他打电话给我，说他撤销了上诉，律师已把诉状退还给他。后来雨绮也打电话给我，她说为了马宁，昊然决定不再起诉你们。

妈妈，你马上给雨绮打个电话，问昊然是否安全。

罗珊老师说：好的。

电话通了，雨绮在电话里说：妈，你好，有事吗？

哦，昊然在吗？我想和他说几句话。

我哥不在，他和我嫂子去旅游了，已经去了几天啦，快回了吧，回来我要他打电话给你。

旅游？你赶紧找到他，告诉他有人要杀害他，一定要他小心。

罗珊老师说完挂上电话，心呼呼乱跳。

雨绮这边，警察一直守在电话机旁。昊然和林子，邓彬和那两个徒弟，凶手尚平一起被关在公安局里。几个公安干警蹲守在工厂周围和昊然的屋子里。雨绮被悄悄带到公安局，又被悄悄放回来。所有的电话被封锁，只有找刘昊然的才准雨绮接听。想不到在刚才公安干警得到这个有重大破案价值的电话。

不到一小时，罗珊被省公安干警调查，她把儿子告诉他的话一字不漏地讲述了一遍。

马洪波和杜丽琼被"请"进公安局。杜丽琼供出主谋赵昂。

紧接着公安局刑侦科从赵昂的保险柜中搜出盖着六个指模的"生死状"。

面对"生死状"，立状的六人对买凶杀人一事供认不讳。

几天后，省公安厅宣布"12.31买凶杀人案"被神勇的公安干警在几天内侦破，虽然此案为杀人未遂案，但性质十分恶劣，现凶手已全部缉拿归案。公安部为表彰省公安厅在1999年新年伊始立下奇功，凡参加此次破案的公安人员均记一等功一次。

因"12.31买凶杀人案"已告破，昊然夫妻，邓彬与他的徒弟们，不需要再协助破案，都回家休养。

公安局长问邓彬和他的徒弟愿不愿意进公安当武警，邓彬断然拒绝，他的徒弟们欣然答应了。

刑侦科曾经怀疑邓彬和尚平串通作案，将邓彬反铐了几天。出狱时邓彬的手脚肿得老粗，走不了路。他恨死警察们的刑讯逼供，懒得和警察搭理。

秦怀天直到刘昊然回家才知发生了有惊无险的凶杀案，他叫老婆做一桌酒菜为昊然他们压惊。

还未天亮，马洪波就接到岳父的电话，要他今天一定去探望杜丽琼，说杜丽琼想他都想疯了。

当他走进六合集团的办公室，员工们都在等他审批单据汇报工作。主管证券交易的操盘手说六合集团的股票连续跌停，要不要在这个价位买进，通过对抛，把股票拉上来。他说：你看着办吧。操盘手好像没有听懂他的话，呆立着等待他的指示。负责投资项目的经理提醒他，应该当机立断，向证交所递交集团发生并购重组或其他重大事项，必须暂时停牌的申请报告。财务科要他审批年终奖金。秘书附在他耳边说公安局刑侦科长来找过他了，要他回来就去公安局。保卫科递给他法院的传票，通知他下午开庭。公关部拟定了一份送礼的名单给他，说快过春节了，该去哪些权力部门送礼，要他赶紧定夺。他不知道该对他们说什么，也不知该吩咐他们做什么，他自己也不知从哪一件事做起，一切都那么混乱无绪又令他无法启齿。他能跟员工们说他们为什么买凶杀人吗？他能给他们解释除了他，董事长和其他董事都到哪里去了吗？就算员工们无人替他担忧，他能把内心的怒气向他们发泄吗？他只能比以往更温和，更理性。

法律顾问来了，他说：马董，给你打过无数电话都占线，再找不到你，我都急死了。

马洪波说：我也很着急，都审讯完了吗？法院怎么下午开庭？就要判刑了吗？会怎么判？

哎，快过年了，法院也急呀！再说犯罪事实很清楚，他们也招供了，无须再调查。我就是来和你讨论我的辩护词，我辩护的理由是：罪犯们认罪态度好，对所犯罪行悔恨不已，在审讯过程中，向政府交代很诚实，对案情的侦破有重大的立功行为。犯罪的原因是受害人提出起诉他们，他们一时难以接受才买凶杀人，属于激情犯罪。由于犯罪未遂，未造成对受害人的伤害，也未造成重大社会影响，罪犯希望通过对受害人的经济赔偿，取得受害人谅解，以此争取政府的宽大处理，减轻对罪犯的刑事判决。马董，我正在争取赵董判五年，其余董事判二年。马夫人最早向政府举报，为侦破本案立了大功。我要为她争取免除刑事处分。马董，现在不仅要刘昊然出具谅解书，还要让他不再起诉六合集团的股市欺诈罪。不然罪上加罪，董事们就死定了。要是你也因股市欺诈罪被捕入狱，六合集团就永远停牌了，那会造成多么大的社会影响。昊天那边，阮教授好说话。据刘昊然的律师说，刘总原本也是希望庭外调解的。

马洪波说：我去和刘昊然谈判。你去法庭争取对赵昂他们减刑。谢谢你，能争取到这一步，已经很令我满意了。

其实，马洪波知道只要刘昊然出具谅解书，赵昂最多也只会判二年。替这些罪犯说情的人太多了，多到连法院都不敢公开审理，只在下午象征性地走完这一步法律程序。

（二十三）

这年冬天特别的冷，大雪一场接着一场的下着。整个长沙银装素裹，北风吹过，路面很快变成冰面。行人小心地走着，车的轮胎特别是大车的轮胎都绑上了铁链。如果不是特别有重要的事情，人们是不愿出门的，因为北风就像刀子，会割痛人们的脸。

关在监狱里的赵昂和其他的"12.31"案件的制造者，一个个冷得发抖，用平时看都不愿看一眼的臭烘烘的棉被紧紧裹着身子。监狱对他们已经很优待了，但是饭菜到他们手上还是冰凉冰凉的，要不是肚子饿得咕咕叫，连胃都饿得吐出了清水，这样的伙食是难以下咽的。这时莫说喝"拿铁""猫屎"咖啡，就是有点茶叶末子，只要能用滚水泡着喝上一口就是享受。

杜丽琼蓬首垢面，平时的颐指气使全都没有了。每次她父亲或丈夫来探监，她都泪流满面，求他们赶快把她捞出去。

二十世纪中国的监狱没有和世界接轨，更没有人权这个概念。看守们都很贪婪，探监时不贿赂他们，别说给犯人送去需要的东西，就连犯人的面都见不着。

董事们虽然有的是钱，在监狱这个特别折磨人的地方，也不得不低声下气，放下他们的傲慢，憋住满腹的不屑和屈辱去逢迎小小的狱警。

到了这地步，董事们才感受到最可贵的是自由而不是金钱。如果不是关在监狱里，他们这些亿万富翁会舒舒服服地住进芙蓉大酒店，喝着上百年的茅台，吃着名厨的香喷喷的"龙飞凤舞"火锅。趁着酒兴登上岳麓山远眺长沙城的雪景。生活对他们来说就是一场接一场的游戏，想怎么的就怎么的。

现在他们后悔了，宁愿过普通人的生活也不想蹲在监狱里，因为这里面不是人过的日子，只要让他们出去，哪怕早一天，也愿放弃亿万富翁的身份。

在豪华而庄严的《湖南省律师事务所》里，马洪波和刘昊然在律师和录音机的见证下谈判。在场的还有阮子扬，秦怀天，邓彬和阮教授的三个研究生。虽然屋子里温暖如春，但马洪波还是浑身瑟瑟发抖，几次把握在手里的摩托罗拉掉在地上。

为了不耽误读者的时间，不让亲们的眼睛疲劳，我这里不赘述谈判过程。总之，只要刘昊然不再起诉六合科技工程机械集团的诈骗股民罪，出具对"12.31"谋害案的《谅解书》，六合集团的股东们放弃所有股权及其他财物，向昊天股份公司道歉并净身滚出六合集团。刘昊然答应这两个条件后，由赵昂代表董事会向监证会递交自 1999 年 2 月 1 日将六合集团股票更名为昊天集团股票在上交所继续上市的申请书。

双方签字盖章按手模。临别时，马洪波将手伸给刘昊然说：昊然，对不起，请接受我真诚的道歉。

昊然没有伸手，他谦和地笑了笑，说：我和雨绮接受了凯星集团的聘请，我将离开昊天集团去深圳。

洪波说：凯星集团已成为与三星电子齐名的世界著名企业，我很佩服一苇，没有权力的支持，没有任何资本，白手起家，创办了世界一流企业。

我也很佩服他，如果你也想到他公司去，我可以转告他。这样，当年的知青组又在深圳团聚了。

洪波收回手，想了想说：不啦，去过英国后，我觉得周游世界是最幸福的事了。昊然，我一直想向雨绮道歉，当年那样对待她，我是该下地狱的。

知道就好，道歉就不必了。我也得罪过一苇，他释然了。我现在放下自己的事业去帮他，昊然平静地说。

马洪波以手加额，说：向你致敬！

两人紧紧拥抱。"保重！"昊然说。

"保重，二十一世纪的钟声响起，我将带着马宁和胡政在伦敦等你们。"

接着，由《湖南省律师事务所》办理关于上市公司昊天集团所有的法律文件。集团的股份分配及员工的激励机制都通过事务所立法后才能备案。集团股份由刘昊然、阮子扬各占 30%，邓彬 10%。对昊天公司做出重大贡献的阮教授的三个研究生，秦怀天、刘雨绮、李木子等每人 2%，余下的作为集团激励机制股份奖给其他有贡献的员工。从今年起集团利润除了股民扩股分红，30% 用来开发新产品，10% 留做公司基金，10% 作为员工激励机制基金。其余按股份分配给董事们。

刘昊然、阮子扬、三个研究生、邓彬成为昊天集团第一届董事，刘昊然提议让阮子扬任董事长，邓彬为副董事长。

在协议里特别写上：昊天公司的员工以人品高尚为入职的首要条件。

在取得刘昊然的书面谅解后，"12.31"谋害案作出最后判决：杜丽琼虽然为破案提供了重要线索，但参与了案件的部分过程，拘役六个月。赵昂作为主犯判刑两年，立即执行。其他三位董事判刑二年，缓期二年执行。尚平因犯下其他大案，交由原籍的司法局处理。真是天网恢恢，疏而不漏，令人感慨上天的公平。

（二十四）

凯星集团以高薪聘请世界一流的科学家，不拘一格提拔刚刚从大学毕业的青年才俊，多次与世界著名电子企业合作。手机，网络，集成电路，软件不断升级，正在向电子业的最高级别发展，已成为国际著名企业。李铁夫与胡一苇也成了飞人，提着行李箱满世界飞。

当昊然与雨绮来到时，一苇在格兰云天举行了豪华酒宴欢迎他们。一苇说：你们的到来，我们凯星如虎添翼，以后我飞得再久再远，也不会担心后院起火了。

大家频频举杯，倾诉对好友的思念，说到动情处，相拥而泣。

李铁夫有过短暂的婚姻，他曾经深爱的妻子竟背叛了他。于是他发誓不再爱任何女人。

让大家意外惊喜的是，李铁夫听完雨绮传奇般经历后，竟在顷刻间背叛自己的誓言，爱上了雨绮，请求雨绮关注自己这个有情有义的单身汉。

木子想为他们趁热打铁，说：既然大家都玩得这么高兴，不如再去歌厅唱几支歌，喝上几杯。

当木子一行人走进歌厅的豪华包厢，在包厢里等候他们的坐台小姐正是他们一直寻找的王秋平。

王秋平浓妆艳抹，两片猩红的嘴唇上叼着一支香烟，透明的披风上镶嵌着闪闪发光的金属片，里面露出深深的乳沟和两条雪白的大腿。

一苇吃惊得倒退一步，说：王秋平，你怎么在这里？

王秋平一脸无奈，苦笑着回答：我不在这儿，又会在哪里？

可是，你妈妈托付我找你，她说找到你一定要你回去。

你告诉她，没有找到我。就是找到了我又能怎样？我不想回去，我喜欢这里，我会寄钱给她。今天，我们就当素不相识，你们是贵宾，我是陪酒女。

她用对讲机呼叫：姐妹们，都进来呀，我们陪大老板们喝个够。把最好的酒端上来，大家举杯！

包厢里立马多了几个性感的陪酒女郎，把三个男人团团围住。

一苇说：秋平，这酒我不喝了，说着掏出一沓钞票递给她，说：麻烦你结账。

木子跟着递过自己的名片，说：秋平，我们仍然是好姐妹，以后有需要就来找我，不必客气。

秋平接过钱和名片，说：谢谢，那我就不客气了，拜拜！

王秋平和她的姐妹走了。林子很不理解地说：以前的王秋平美丽端庄，温柔可爱，现在怎么变成这样？

雨绮说：我看到了王秋平美丽后面隐藏着的哀伤。木子，你不该把名片给她。她刚才的眼神很迷茫，让人看不懂，我担心你的善良会被她利用。

昊然说：如果是金钱改变了她，那么她会为钱不择手段；如果是她自甘堕落，那以后的麻烦就更多了。

一苇说：我了解王秋平这样的女人，假如电子科技服务公司正常运作，她每月能按时领到工资，她是一个听话而且努力工作的员工，不会丧失了做女人的尊严来挣这种肮脏的钱。如果不是工作难找，我相信很多女人都不会这样。她们虽然缺乏常识，但本质决定了她们的善良。她们虽然坠入社会底层，还是值得我们同情。

铁夫问：那么，她们的本质是什么呢？

单纯。努力赚钱吃饱穿暖，她爱的人也爱她，她们就很满足了。

你呢，也这么认为吗？铁夫笑着问雨绮。

我不知道，只知道爱一个人，如攀登一座高山寻一个梦，须将万里浮云拨开，雨绮回答。

（二十五）

二十世纪的最后一年，对昊然来说，真是不寻常的一年，他死里逃生，接着像基度山伯爵一样不仅复仇了，还成为亿万富翁。

对邓彬来说，就更神奇了。他从一个一无所有的打工仔升为副厂长，现在成了亿万级富豪，上市集团的副董事长。刘昊然一家拜他为恩人。赵昂他们也万分感谢他，有的竟用百万家财谢他。对他来说，刘昊然才是他人生的偶像。刘总为了让下岗的工人重新捧上饭碗，两次创业。他也要像刘总一样，救纸厂的下岗工人于水火之中。

经过几年的煎熬，纸厂的大多工人仍然生活在穷困之中，只有少数年轻人外出打工，极个别人沾权力的光，进了国营企业。

资江边的工厂一直没有卖掉，工厂旁的工人宿舍已经破烂得无法再经受风雨。邓彬曾经在心里发誓，一旦他有了钱，他要为纸厂的工人盖新楼房，让他们辛苦一生最后能有安身之地。"安得广厦千万间，大庇天下寒士俱欢颜。"他常背诵杜甫的这句名诗，叹息着，期待着。

现在他认真思考怎么才能有效率地让纸厂的工人上岗？上岗后才能生存。最直接的是由他买下纸厂，再建一个净化污水厂，让工人们复工。但是几年过去了，纸厂的设备还能造纸吗？

他立马驱车到纸厂。工厂的大门已经躺在地上，厂房破败不堪，机器锈蚀成废铁，那些零零碎碎的零部件被当成废铁卖了。纸厂只能拆掉重建。

拆掉后再建一座纸厂，不如改建楼房。跻身房地产业，是邓彬由来已久的心愿。

几天后，邓彬将昊天工程机械厂的工作安排好，去市轻工业局收购纸厂。

纸厂已停工几年，没卖掉的原因很多，不过，它仍然要价五百万。

资产管理科的负责人说：地价涨得厉害，它没涨价，其实就是跌价了。局里正研究没卖出去的工厂该怎么提价呢？

邓彬说：科长，别吓唬我，我就从纸厂下岗的，现在的纸厂设备锈蚀了，厂房倒塌了，水电全都要重新安装，光欠下的水电费就是几万元。

你是纸厂的啊，局里传说你们纸厂有个工贩子一下子当上了上市集团的董事长，身价几个亿。他老婆，不，他前妻原来在局里当秘书，因为和我们办公室主任生了个女儿，被开除了。偷人也罢，生二胎干吗呢？现在抓计划生育的干部把人都抓死了，她还敢生，胆子真是够大。现在被开了，带着一儿一女怎么嫁人？蛮好看的一个女人，可惜了。

她是不是陈静，和袁景东生了个女儿？

你怎么知道？袁景东真不是个东西，睡了人家几年，不承认女儿是他的，一点担当都没有。

邓彬一听，一颗心如掉进冰水里。他的儿子小兵怎样了？

你知道她现在在那儿吗？他问科长。

我怎么知道，那个烂女人又不是和我睡觉。

邓彬听到如此污辱陈静的话，心里一阵发痛，他不知是心痛陈静还是心痛小兵。

怎么啦？不打算买了吗？哦，要买就把文件拿去好好读几遍，

他木然接过科长递来的文件，说了句：明天过来签约，就离开了。

他怕自己走神，慢慢地开着车。这几年，他每天清晨离家，晚上很晚归家，回到家倒头就睡，工作太累了，从未休过一天。前几年姐姐也下岗，和姐夫开了一家小五金店，两人忙着进货送货，两个小外甥连饭都吃不上。母亲的病刚好，就带着退休金去了姐姐家，母亲特

别爱外孙，心疼女儿，连他的下岗费都给了姐姐做生意。

妈也是，我忙她也忙，从来没去看望过小兵，小兵还是她的孙子。也不知陈静是否将小兵送回来过，邓彬想起几年未见的儿子，好心痛。

他想，只有去问陈立了，她应该知道小兵的情况。

来到陈立的小酒店，只见店门紧闭，连麻将馆都没开了。问左邻右舍才知陈立丈夫不但卷走全部家当，把酒店也卖了，带着另一个女人跑了。邻居们说，陈立去找她的丈夫了。

邓彬带着深深的失望和满腹惆怅回到家里。

那年，他刚从拘留所回家就去找陈静，他要要回小兵的抚养权。那时所有的人都告诉他，陈静为了去党校读大专班，把小兵送去长沙的贵族学校了。是哪个贵族学校？陈立说：不知道！他在党校找了几天几夜都没找到陈静。后来渐渐心灰意冷，既然儿子在贵族学校读书，一定过得还好，不必太过牵挂。再后来他当了昊天工程机械厂厂长，生命里只剩一个字：忙！

现在，他想找个朋友帮他打听陈静，想来想去竟没有一个合适的人。那些机灵一些的有一些人脉的都去打工了。唉，中国的工人真苦，没有谁有一点积蓄，要想攒一点钱，连水都要省着喝，到了下岗这一天，真是穷得把命都卖掉了。这几年纸厂的下岗工人谁不是在干苦力，干苦力的就没有人脉没有空闲没有精力来帮他。想起这些让邓彬感到心痛，好在他有钱了，还不至于绝望。

首先，他要打个电话给姆妈和姐姐，要她们去找陈静和小兵。他在电话里讲完陈静的遭遇后，说：姆妈，学校放假了，你就带着宝贝外孙回家吧，快过年了，陈静要是回娘家，也许会把小兵带回来，家里没人怎么办？

接着他又在电话里对姐说：姐姐，放下手中的生意，立马去找小兵，你要搞清楚钱重要还是人重要？难道一定要我求你？

打完电话，他把自己重重摔在床上，脑海里一片空白。慢慢闻到床上有股气味，才想起好像没有洗换被褥了。

他也顾不得这么多，脑海里一个个排查陈静的闺蜜。陈静在纸厂家属区长大，在职工子弟学校读的书，初中毕业后进厂，进厂后没两年就和他恋爱，相恋五、六年后，奉子结婚。没交几个朋友，相处得好的是方蓉。方蓉嫁的是本厂的工人，住在家属区，和陈静一直是好朋友。不过自己也有几年不见方蓉了，觉得应该先去她家看看。

敲开门，方蓉的丈夫说：我在前年就与她分居了。

邓彬有点惊讶，问：为什么？你俩的感情一直很好呀。

还能为什么，我不会挣钱，挣的比她少，她嫌弃我啦。那你知不知道她在哪儿？我找她是问陈静的事。

你不是和陈静离婚了吗？

是离婚了，但她把我儿子带走了，我要问她要回儿子。

你们俩争着要儿子，我们俩谁都不要儿子，养不活啊。你能告诉我方蓉在哪儿吗？

他在春风酒店隔壁的服装商场帮老板卖衣服。

现在去能找到吗？

能找到，我每次去找她的碴，她都在。

谢谢，改日请你喝酒。

邓彬立马开车去找方蓉。

方蓉正好在店里，站在离老板娘较远的地方。邓彬轻声把陈静的事告诉她，问她有没有看到陈静。

方蓉说：在株洲进货时，看到过陈静，我正想和她说话，但陈静很快把自己藏起来了。

什么时候？就今年呀，1998 年，我说的是农历。

方蓉，你能不能辞工帮我找到陈静。

辞工？不能啊，要过年了，生意好得要命，这几天冷，羽绒服一天能卖上百件，现在是老板进货，我和老板娘卖货，两个人都忙不过来。

你在这有多少钱一月？

八百，这个月生意好可能会给我一千。

我给你两千，你要是在年前找到陈静，我给你两万。

真的假的？

现在就给你一万，找到了再给你一万。

要是找不到，我就会掉了饭碗。

明年给我干，就给我妈做饭洗衣，给你两千。

方蓉看邓彬一脸郑重，相信了他的话。

就跟你走吗？

邓彬点点头，"嗯"了一声。

老板娘，方蓉大声喊。这是我邻居，他说我妈摔倒了，要我立刻回去。

那你就回去吧，早去早回，这里等你卖货。

好，谢谢老板娘。

邓彬让方蓉坐进轿车里。

你买车了？嗯。发财了吧？也算吧。找陈静复婚？不，她把小兵带走了，我问她要儿子。我家那死脑筋，就是不要儿子，他要是要儿子，我们早离婚了，再不我把儿子送给你？

方蓉，再苦也不能不要儿子，孩子听到会伤心的。你不要着急，一切都会好起来的。你听我说，我想让你和我姐姐一起去找陈静，两个人找总比一个人多些主意。如果你们能找到陈立也行，就要陈立带你们去找陈静，她们姐妹感情好，陈立一定知道陈静在哪儿。

这我知道，就是这个节眼不好找，好多工厂店铺都放假了。

求你先去找找吧，你住哪里？我送你回去。

我平日帮老板守店，就在睡在柜台上。

想不到你这么辛苦，邓彬为她叹息。今晚就住我家吧，我现在就去姐姐家把我姆妈接回来。

邓哥，我不算苦，要是陈静真的在株洲打工，那就真的辛苦。服装厂只有一班倒。决定她们工作时间的不是劳动法而是订单。决定她们挣多少钱的是工作的质量和数量。株洲有几百家工厂，上千家店铺，工厂每天生产几万件牛仔衣裤，我们市有一半下岗女工在那里打工。好多人去的时候胖胖的脸色红润，只要干上半年一个个面黄肌瘦，走路都直不起腰。你要再看到陈静，保险认不出她了。不过站柜的好一些，至少晚上店铺关门，能睡上一觉。

这么累有多少工钱一个月。

多劳多得啰，忙时一两千，平时几百元。

这么少？

邓哥，钱难挣啊。

边走边聊，不觉到了邓琴家。

进门方蓉就甜甜的喊：琴姐，来了个赖皮客。

邓琴见是方蓉，说：请都请不来呢，快进来烤火。吃饭了没？没吃就坐上桌子，不要客气。

方蓉说：邓哥叫我们一起去找陈静，我就来了。

我们一起去？太好了，中国这么大，我正不知往哪个方向找去，邓琴说。

我前一阵在株洲看到她，看她那样子是在那里打工，我们就先去株洲好啦。

邓琴叹口气：这个陈静呀，就是贱！害得我们邓彬好苦，如今还要冰天雪地的去寻她。

老太太说：她的心性不像她姐，陈立心好，那年彬伢子关进牢里，我又病了，陈静执意离婚。多亏陈立天天过来侍候我，吃的穿的用的，事事照顾周全，又不化我一毛钱，想留她吃顿饭都留不住。那一年要没她，我这把老骨头早埋进黄土了。

邓琴说：姆妈，你逢人就说这事，好像我虐待你。

陈立就是比你好。听说她丈夫带着别的女人跑了，我为她难过。邓妈说着抹起了眼泪。

姆妈，你怎么不为小兵着急呀？邓彬问。

姆妈也对不起你，邓妈边抹眼泪边说。

方蓉说：邓伯母，我和琴姐一样，一天从早忙到晚，没时间照顾老人。你老也知道，我们都是在这城边角落长大的，比城里人笨。我刚去城里打工，连话都不敢说。只好去餐厅洗碗，从早洗到晚只挣二百元一个月。后人有人介绍我去洗脚城，说那很挣钱。我捧起男人的臭脚就拼命呕吐，老板只好叫我去烧洗脚水和搓毛巾，但工资比洗碗工还少，我又辞工了。后来在餐馆端过盘子，在工地做过小工。做小工日晒雨淋，累得要死。再后来帮人卖服装直到现在。你老也莫怪琴姐，她两个小孩都在读书，要交补习费，培训费等等，钱又这么难挣。我们下岗工人苦，你们做老人的也苦，所受的苦只有我们自己知道。

邓彬说：大家都吃好了吗？我现在宣布一件事，明天我要去把轻工局去纸厂买下来。

大家不约而同无比吃惊地看着他。

邓彬接着说：现在工厂的机器锈坏了，车间也倒了，不能再生产。我把它拆了盖一个豪华型的花园小区。

是你买还是你的老板买？姐夫问。

当然是我买，所以，你们不要再做那些小生意。姐姐姐夫都是插过队吃过苦的知青。这几年做生意也又苦又累，生意做得诚实，赚钱如针上削铁。我看重你们的人品，你们就来帮我，我们姐弟一起做房地产。找到小兵后，你的儿女和小兵，我都把他们送到英国去读书。方蓉帮我们照顾姆妈打理家务，每月工资两千。方蓉，你丈夫只要诚实肯干，我会拉他一把，让他比别人挣得多。找到陈立，也劝她和我们一起干。

邓彬，我是做小生意的，没有钱哦，你和我们做房地产，我可没有本钱。

姐夫，别急，这几年和你们来往得少，你不知我的身份很正常。你听我讲……

邓彬讲他的故事时，大家就像听天方夜谭，尤其是邓母，一会站起来，一会坐下去，听到智擒尚平，紧紧抓住儿子的手，生怕儿子有个意外。听到罪犯们伏法，昊天集团一致同意给儿子股份，欢喜得哭出声来。姐姐姐夫看到眼前的邓彬竟是亿万富翁，真不知如何表达内心的欢喜，姐夫一次又一次给火炉添煤，炉火烧得好旺，平时他是舍不得多烧一个煤球的。

姆妈，现在坐我的车回去吧，姐姐今天早点休息，明天我开车送你们去搭火车。

到了厂区宿舍，方蓉说：邓哥，今天不住你家了，送我回去，我要和我家那死脑筋好好规划一下明年。告诉他，我们碰上贵人了，明年有好日子过了，我再也不和他吵架了。

邓妈说：是啊，家和万事兴。回去吧，天冷，陪你爱人好好喝一杯。

天上一轮明月，点点寒星。天干冷干冷的，今晚也许会下一场大雪。

（二十六）

邓彬拉开窗帘，一道白光射了进来，他知道下雪了。手表上时针指到了七点，平时的七点他已经进了工厂的大门。

姆妈已经起床，厨房里传出锅盆碰撞的响声。邓彬赶紧穿好衣服，到厨房洗漱。

邓彬的屋子还是五十年代的工厂宿舍，两间相通的平房的后面有一间小小的厨房。几十年来，工人们想方设法向屋子的周边扩展。邓彬也在住屋边搭建一间狭窄的卧室，在厨房旁边加盖了卫生间，原来的住房被新增的小小的建筑包围，变得更加黑暗。宿舍区的周围已经没有一丁点空地，每间屋子都是一团漆黑，全靠电灯照亮着。

姆妈已经烧旺了炉子，水壶冒着热气发出正在沸腾的响声。

我想给你做早餐，家里什么都没有，从我离开那天你就冷火熄灶的没升过火，姆妈不无抱怨地说。

邓彬洗漱完毕，说：姆妈，我得立马送姐和方蓉去火车站。钱包在抽屉里，想用自己拿。哎，这鬼天气你最好别出门，叫隔壁邻居给你买点吃的，需要什么我买回来。

他说着打开房门，一股冷风吹进来，屋里立即变得冰冷。

他看见方蓉夫妻站在茫茫大雪中等他。

来很久了吧？他问。

没有，夫妻俩笑着回答。

邓彬从公文包里取出一沓钱给方蓉的老公，说：快过年了，还要方蓉来帮我，实在对不住你，先拿这些钱买点年货。

方蓉夫妻连声道谢。

家门口就是工业街，邓彬姐弟和方蓉这一代人都是在这条街上长大的。

工业街不足两千米长的马路两边有十来座工厂，除了纸厂是大军阀的别墅改建的，其他都是大跃进时代的产物。虽然它地处郊区，和距它咫尺乡村有着巨大的差异。工厂有健全的社会保障，优质的教育资源，按时上班和按时领工资，不靠天吃饭，有丰富的娱乐生活。这些令工人们倍感骄傲。而现在这一切都不复存在，工人和农村人一样要离乡背井去打工，一样去没有归属感的城市生活。曾经的繁荣在经过三十年的运转和持续六年的停厂或半停厂以后，都已破败不堪，像苟延残喘的老人伏在路边，如果没有资本输入，很难想象它们还能焕发青春。

从 93 年改制到现在，这条街上，下岗的工人越来越多，都在困厄与艰难中挣扎着生存。他们原以为子女到了就业年龄就可以到工厂做工人，而现在自己都找不到糊口的门道。尤其是那些 70 后的年轻人，成天扎堆在马路上，一言不合便打起群架。渐渐又走上吸毒贩毒的邪路，现在的工业街已成了有名的"白粉街"。

邓彬将邓琴她们送上去株洲的火车，在返回的途中，他在想今天无论如何也要会一会袁景东。对于袁景东，他恨不得杀了他，吃他的肉。

人渣，做人都不配，还有脸坐在领导的位子上，邓彬心里骂道。

资产管理科长正在等他，见到他说：我以为你不来了呢？

邓彬说：怎么会不来，就我们俩签字吗？

你要是请局长们喝酒吃饭，大家都会来。

袁景东在不在？

他升官了，调到省工业厅去了。

邓彬一下子气愤到了极点，那个人渣还能升官？他心里骂道。

科长好像看透了他的心思，说：老袁和姜市长是同学，姜市长卖厂有功，升到省政法委，他沾姜市长的光，调到省轻工局。

自古以来就官官相护，邓彬说。我要是请你们局长吃饭，买厂的条件会不会放松一些？

那肯定的。

那就请他们大吃一顿吧，你帮我安排一下。我们马上签字，办理好产权过户手续后，我再付款。

那需要银行出具担保书。

没问题，麻烦你春节前办好，到时我谢你。

他从皮夹里取出二千元给科长，说：这是请吃饭的钱，剩下的归你，我就不陪你们了。银行的担保书我会要银行职员送达。

工厂有大把事情等他安排，他驾车冒着漫天飞舞的雪花向昊天工程机械厂驰去。

（二十七）

从宝庆到株洲是老旧的绿皮火车，车厢里挤满了去省城的旅客，连过道都挤不进。虽然铁路已经像蛛丝网一样布满中国各处，但宝庆还是只有一条通向省城的铁路，那些想去更远地方的人要在长沙或株洲转车。

下午三点，火车才慢吞吞的到达株洲，邓琴和方蓉走下火车，方蓉说：我从车站附近的服装厂找起，你从附近的服装店开始找，下午六点再在这里会合。

株洲火车站的周边，每间屋子都是规模不同的服装厂，污浊的车间里是嘈杂的缝纫机的响声和用蒸汽机熨烫服装的轰鸣声，空气中飘浮着肉眼看得见的纤维和灰尘，到处堆着布匹和半成品，每台缝纫机旁都堆满缝纫好的服装，出出进进的人踩着布匹或衣服行走，处处凌乱不堪，工人们在各忙各的。

缝衣的工人们像雕塑一样伏在缝纫机上，脚在用劲踩着缝纫机的踏板，灯光照着他们沾满纤尘的头发和冻红的脸，双手机械地移动在缝纫机的狭小的台面上。缝一件牛仔衣工钱 8 角，一条牛仔裤工钱 5 角，他们只有努力干活才能多挣一点钱。

缝制好的牛仔服要经过专门的砂洗和烘干，钉钮扣和贴上装饰品，再一次回到工厂熨烫包装，才能成为成品发到全国乃至全世界去销售。

在株洲每天要生产十几万件牛仔服，牛仔服也成了株洲的名片。

方蓉在这边进过货，知道工厂的大门后总会有一个签名本，每一个打工的工人都要在本上签上自己的名字。

她一个个的查看，见没有陈静的名字就查下一家工厂，一下午查了十几家，都没有收获。邓琴也一样，没有找到任何线索。两人会合后，互相勉励，株洲这么大，工厂这么多，不可能一下子就找到陈静。

就这么找了半个月，已经找了几百家工厂和商场，工人们陆陆续续地回家过年了，剩下的工人不多了。两人不由怀疑起寻人的方法来，与其这样，还不如蹲守在车站码头。

方蓉说：明天就是大年三十，我们到火车站去碰碰运气吧。

当她们拼尽全力挤上公交车，才知道有多少人正向火车站赶去。在挤得浑身发痛的公交车上，人们都在大声喧闹，小偷们也在肆无忌惮地行窃。他们用铁钩钩走女人脖子上的金项链，用小刀划破乘客的钱包偷走钱钞。一个歹徒割断了绑在孩子身上的背带，悄悄把熟睡的孩子递给另一个歹徒。人们急着赶回家，谁也顾不了谁。

到了火车站，售票厅里挤满了排队购票的人，个个拿行李满脸焦急地等候着。方蓉之所以选择火车站而不是汽车站，是汽车站更乱更危险，琢磨陈静不可能搭长途汽车回家。

忽然邓琴看到一张熟悉的脸，她一把拉过方蓉说：看，那是谁？

陈立！方蓉惊喜万分。两人立即分成两头向陈立包抄过去。

陈立形销骨立脸色憔悴，排在去长沙的车窗口，一扭头看见邓琴和方蓉站在身边。

你们……？她满脸疑惑地看看邓琴，又看看方蓉。

邓琴说：陈立，我们是老朋友了，我不瞒你，我们是来找陈静的，已经找了好些天了。

陈立立刻失声喊了起来：你们找到她了吗？我也是来找她的呀？她已经疯了，离家出走了！因为她女儿是在株洲丢失的，她常常到跑到株洲来找女儿，我也到株洲来找她。"呜——"，陈立说着大哭起来。

陈立，小兵呢？我不管陈静，我只要小兵，邓琴大声嚷起来。

小兵在长沙我弟家里，你领他回去吧。他现在想妈妈也想爸爸，真的好可怜，我把他交给你们邓家，也就放心了。

正好到了购票的窗口，三人买票上了车，不久到了长沙。

长沙城充满喜气，热闹的商场里正播放着恭喜发财的吉祥的歌曲，有些人家正"噼噼啪啪"地放起花炮，有些人家正在贴春联，将"福"字倒贴在门上。

小兵站在家门口等着陈立回来。陈立本来在昨天回来了，听说陈静离家出走了，放下行李就去找陈静。天渐渐黑了，小兵急得哭了起来。这几年来他长高了很多，像个半大的小伙子，正哭丧着脸。

当邓琴看到满脸泪水，瘦弱胆怯的小兵时，忍不住抱着侄儿伤心痛哭。

陈立说：回去告诉邓彬，不要责怪陈静，她是害怕下岗才落到今天这个地步。

邓琴说：邓彬要我带话给你，他要注册一个房地产公司，请你去他公司做项目经理。

陈立苦笑一下，说：等我找到了陈静再说吧。

方蓉忍不住问：你找到你那个坏男人了吗？

陈立说：我从来就没去找过他。我一直在株洲的服装厂打工，用打工挣的钱供小兵上学。

（二十八）

　　除夕之夜，纸厂的家属区没有往年的热闹，只有几户人家燃放了鞭炮，那爆竹燃放的时间很短但夹着几声冲天炮的呼啸声，总之，它们为家属区增添了年夜的气氛。

　　吃过团圆饭，姐姐一家走了，母亲带着小兵看着电视春晚，守岁。

　　邓彬走出了家门来到资江边长长的堤岸上。天空中飞舞着细细的雪花，像盛开在漆黑夜空中的白兰花。长堤下面，资江在寒风中呜咽，远处是白茫茫的郊野。

　　邓彬停下脚步伫立在堤岸上，寒风像鞭子抽打着他的脸，他的泪水夺眶而出，直到此刻他才有时间为自己哭泣。这一年，尽管他成功了，却从未感到快乐过。尤其是今天，他无法接受陈静疯了的事实。离婚后他一直将陈静埋藏在心底不去想她，可是当邓琴告诉他陈静姐妹的事，当他看到儿子那双酷似陈静的大眼晴，那凄惶的目光，他才感到陈静依然是他生命里的爱与痛。邓琴分析说一定是袁景东偷走了陈静的女儿，因为那是袁景东唯一的骨血，他就是个贼，偷走陈静的心，偷走陈静的女儿，再抛弃陈静，把陈静逼疯。

　　他身不由己来到河堤上，长长的河堤见证了他们曾经深深的相爱之情，夜深人静是他回忆往事的最好时刻。他记得二十岁时的夏天，他和陈静坐在堤上，电光在资江和大山之间闪耀，发出低沉的轰鸣声。

　　是不是要下雨了？陈静稚气地问他，少女的脸被电光照亮着，双眼特别明亮，比平日更加妩媚动人。

　　傻瓜，是静电与水气摩擦的闪光，不会下雨的。

　　陈静把头埋进他怀里，说：我害怕闪电。

于是他搂紧她，吻她，还把手从她衣服里伸进去抚摸她刚刚长成的富有弹性的乳房，吸吮坚挺的乳头。陈静更紧地搂住他，激动的回吻他。直到夜深人静，他把她抱回家，一路上她搂紧他的脖子咯咯地笑个不停，雪白整齐的牙齿在黑夜里闪着白光。那是他们的初夜，那一年陈静十六岁。

而后，只要是晴朗的夏夜，他们都坐在河堤上看水光闪耀和满天繁星。只有他们俩人时，他让陈静坐在他的大腿上，他搂着她纤细的腰，抚摸她越来越坚挺的胸脯，不可自拔的迷恋她的美丽的眼睛和温柔的双唇。他们也有过误会和短暂的分手，但和好后更如胶似漆的分不开。到今日他们的爱情就像一部伟大的艺术作品，以闹剧开始而以悲剧结束。邓彬的心像刀割般疼痛着。在这漆黑而寒冷的冬夜，她又在哪里？

此时此刻邓彬渴望河的那边能水光闪耀，能让他在电光中再见到陈静明媚动人的面容。

忽然，爆竹轰轰烈烈响起，烟花照亮天空，新的一年来临了。邓彬立刻跪倒在雪地上，双手合十，向漆黑无人的旷野祈祷：老天爷，山神河神土地神，大慈大悲的观世音菩萨，我邓彬向你们祈求，求神灵们保佑陈静早日清醒过来，成为一个正常人。我发誓今生今世我都会在新年来临之时，以虔诚的心叩拜大自然里所有的救苦救难神灵们，用我所有的财富去帮助穷苦善良的人们，只求陈静平安无事。

邓彬膝下的雪渐渐融化，雪水浸透他的裤子。他用力抹去脸上的泪水，那一瞬他想到了袁景东，仇恨让他心里充满怒火，他宁愿陈静死去，而不愿她遭受袁景东非人的折磨。

他站起来，向家里走去。

1999 年的春天，邓彬在成功买下纸厂后，注册了《彬彬房地产公司》和《彬彬建筑工程公司》，实现了让纸厂下岗工人重新上岗的诺言。那年冬天，《彬彬房地产公司》推出资江岸边的第一个小区《江岸的春天》。纸厂有的工人将破房子卖给《彬彬房地产公司》，再按揭几万元买下《江岸的春天》三居室。住上新房的工人常常站在窗前眺望资江一年四季美丽的风景。也有工人把卖了房的钱投资给《彬彬建筑工程公司》，成为公司的小股东，按月领取小额的股金。纸厂破破烂烂的棚屋区终于被拆光了，成为《江岸的春天》鲜花盛开的一部分。纸厂的工人，大多数成了彬彬集团的工人。

(二十九)

张家琪团队和他的《未来》电子科技公司在99年开发出一款名叫"cLcQ"的软件，成为软件行业的巨头，他们生产的半导体显示屏为好莱坞滚动播出最新影片，打响了"未来"的名牌。

凯星公司在这一年获得国际通讯业 CMM 四级认证，他们的程控交换机和数字交换机在海外的销售额达到一亿美金，不得不让香港的富翁们刮目相看。对于铁夫和一苇来说，企业的文化就是企业的生命。无论是国人还是社会，科学与文化都处在进化之中，企业要想立于世界之巅，就要不断提高员工素质，所以，从他们接管凯星的那一天开始，就创办了员工培训大学，从全世界聘请最好的老师培训他们的员工。

昊天集团不断开发出新的工程机械，这年开发的水泥模板浇注机领先国际成为隧道工程超巨型机械，业绩显著，吸引上百家机构投资，股价猛涨。

这年春天，李铁夫与雨绮开始了甜蜜的恋爱，成年人的爱情不像年轻人那样热烈如火，却如春天里开花，秋天才成熟的哈密瓜，无比甜蜜。冬天，李铁夫才抽空和雨绮举办婚礼。

1999 年的平安夜，邓彬包下南航的一架飞机，将新婚的铁夫与雨绮，昊然夫妇、他们的女儿和岳父母，阮子扬教授一家，吴一苇夫妇，他的老表叔秦怀天夫妇，罗珊老师，还有自己的母亲、儿子和外甥飞到赫尔辛基看北极光，度过二十世纪最后一个圣诞节。几天后，在全世界喜迎千禧年之际，他们又飞到伦敦与马洪波他们在伦敦白金汉宫的广场欢聚。在意想不到的巨大的幸福中，他们共同回忆所经历过的年代。

在上世纪，他们经历了人生中最大的伤害：挨过饿，失过学，经历了"文化大革命"和上山下乡运动。回城后，又成了工厂最底层的操作工，接踵而至的下岗，让他们再次品尝被"牺牲"的苦涩滋味。人生的种种苦厄和磨难，他们都以坚强的意志与命运抗争，面临恶劣的环境和精神的失落，从来不甘沉沦，实在是中国人的骄傲。

尤其是一苇，雨绮，昊然木子、洪波在由中学生变为知青时，正值青春年华，少男少女们住在一间知青屋里，朝夕相处，无拘无束。虽然前途渺茫，备感精神的空虚和失落。他们仍然自觉约束自己，恪守传统文化，从未发生道德上的堕落，这又是何等的可贵。

当他们成为企业家，所面临的困厄更多，很多经济问题是因为政府企图打破市场自身调节的规律而造成的恶果。他们却有着有穿越地狱的勇气，让自己强大起来。他们善于学习总是化危机为机遇；在颇具竞争的时代，学会双赢，总是绝处逢生，令人叹为观止。在市场萧条时，他们首先照顾好自己的员工，和员工一起共存亡。可以说每一次危机都是对他们企业文化和人性的考验，他们一直是朝着最窄的抵抗力最大的路径走，因为他们经历了深重的苦难，所以才能成就今天的伟大事业。

不过，令人大跌眼镜的是林子的父亲。这几年他伏案写作，将全家人的遭遇写成几十万字的纪实小说《冰雪消融》，成了二十世纪末畅销书的作者，获得了 1999 年的茅盾文学奖。多家电视台正在和他协商，要买他的版权。

林子妈妈终于扬眉吐气，觉得自己和一个文学家生活了一辈子，总算没有白活，和谁比都是赢家。

后　记

中国工人的下岗始于 1990 年，结束于 2001 年。虽然不是一百年，却跨越了两个世纪。下岗只是中国政府的腐败语言之一，全世界都知道下岗即失业。到了二十一世纪，上亿的失业的工人与几亿进城谋生的农民工竞争生存空间，上演了空前绝后的社会大迁跐，大萧条，大动荡和跨行业的整合。社会财富在推倒重来，腐败在变本加厉。

中国产业工人诞生不过百年，本质上还是农民。却经历了几十年未变的计划经济。在工人们看来这就是社会主义的优越性，工人成了国家的主人，无须再为自己抉择未来的生活。他们亲眼看到那些试图在社会主义中国搭建资本主义天堂的人身堕地狱，因此，普遍规规矩矩的，是全世界最好管理的工人。然而，也让部分工人变成了企业的寄生虫。

就在工人大下岗时，国家对农村实施了很多的优惠的政策，却没有改变农村日益凋敝的现状。文明的进程毁坏了乡村的美好，却没有给它带来相应的重建之路。农民工进城后，乡村越来越荒凉。城市却越来越拥挤，工人生存的空间变得更加狭窄而艰难。在追求富裕的路上，他们都蛰伏在社会底层。尽管活得那么没有尊严，但只要活着就想法去挣钱，不求发财，但总不能被饿死。虽然生物界都是从饥饿中走出来的，但面对饥饿时，人和动物都认定是死亡威胁。

在二十世纪末，下岗工人和农民工同样面临激荡的社会变迁和生活的压力；同样抛家别子，过着流浪的被人漠视的底层生活。不同的是，乡下人认为城市是幸福的伊甸园。下岗工人却认为下岗令他们难以接受，工人们做了几十年的操作工，没有技能。大多数人早年失学，是货真价实的半个文盲。到了天命之年下岗了，工人们到那里去挣钱？更何况挣钱的机会都被官员们给了自己的子女和社会精英（我们尚且把那些甘愿为虎作伥的人也称为精英）。

他们所经历的二十世纪，权柄总在不断地变换，时世也在不停地变幻着，这世上只有一样始终不变，那就是谁有权，谁就能有钱，谁就幸福。慢慢地，"钱"成了他们的信仰。

因而，下岗的年代也是一个充满道德危机的年代，农民和下岗工人一样，为保护自己不惜伤害他人。他们能容忍官员们的一切肆意妄为，而为了争夺蝇头小利在底层伤害着寻常百姓。有的人失去了原本的善良和诚信，制假造假，坑蒙拐骗干起罪恶的勾当。

面对时空如此复杂的生活，所有的悲欢离合都让人百感交集。

尽管工人上无片瓦，下无插针之地，所拥有的还不如农民，但他们有着的强大的忍耐力和吃苦精神。从上世纪九十年代到二十一世纪初，中国政府因减员增效而安稳渡过了经济危机。

2001 年，赵昂他们相继走出监狱。坐牢，尤其是因谋杀未遂罪而蹲监狱，他们时时面对着道德的考问。毕竟社会是有良知的，人们都知道不是什么钱都可以赚的。

赵昂记得，他们被逮捕时，省政府很震撼。不少干部指着他们的背影对孩子说：你们绝对不能犯类似的错误。如果犯了，就自己去死，我不会为你去求情。

他沾了父亲的光少受了一些罪，父亲为他付出的更多。因为他坐牢，父亲觉得颜面无光再没从房子里走出去过。而且因抑郁而中风了，现在父亲无助地躺在床上，比判刑还难受。

过了年，王秋平已经三十一岁。拿着木子给她的名片进行了严肃的思考，这一年，她的一个姐妹死于毒品，另一个姐妹被歹徒杀害。她给老板卖酒，连哄带骗，任由不规矩的男人在自己身上摸来摸去，她只能抽一成份子。也有男人因被骗而毒打她，好几次她被打得口鼻出血。岁月在悄悄流逝，自己赚了一些肮脏的钱，也应该收手找一个归属了。木子说过帮她，何不趁此机会重新选择职业。于是，她去了木子的律师事务所，把自己的想法告诉木子。木子热烈地拥抱了她，并表示能帮她找到一份新的工作。

下岗，这一页历史是翻过去了，但决不能轻描淡写的翻过去，因为它造成了历史阴影和对工人的伤害。尤其是那些和共和国同龄的下岗工人，他们的命运就是一部共和国的历史。只要他们活着就会记得他们曾经的苦难，记得九十年代的体制改革，记得物价双轨制，记得企业的贱卖和大规模的工人失业。记得九十年代的那支歌：

一时失志不免怨叹，
一时落魄不免胆寒。
哪怕失去希望，
每日心茫然，
无魂有体像那稻草人。
人生可比海上的波浪，
有时起有时落。
好运歹运总嘛要把工来寻。
三分天注定七分靠打拼，
爱拼才能赢。

此后，国营的中、小企业都由繁荣而转为衰败和破产，也许，这是工业化进程中的国营企业必然经历的过程。

几十年过去了，当年下岗的工人有的退休有的去世了，有的日子好起来，为自己能话下来安享晚年而庆幸。

不管经历了何种命运，困厄的时代已经过去，下岗也成了记忆，工人们的后代又在延续新的生命。只要历史不再重复，我们无论经历了什么，是否打拼后，都是命运最好的安排！

一稿于 2002 年 8 月 7 日，二稿于 2020 年 3 月 7 日